Otto Amhofer

Von Gefühlen gefangen

novum ■ pro

Bibliografische Information
der Deutschen Nationalbibliothek:

Die Deutsche Nationalbibliothek
verzeichnet diese Publikation in
der Deutschen Nationalbibliografie.
Detaillierte bibliografische Daten
sind im Internet über
http://www.d-nb.de abrufbar.

Gedruckt in der Europäischen Union
auf umweltfreundlichem, chlor- und
säurefrei gebleichtem Papier.

© 2025 novum publishing gmbh
Rathausgasse 73, A-7311 Neckenmarkt
office@novumverlag.com

ISBN 978-3-7116-0255-8
Lektorat: Julia Brandner
Umschlagabbildung:
Moneti | Dreamstime.com
Umschlaggestaltung, Layout & Satz:
novum Verlag

www.novumverlag.com

Von Gefühlen gefangen, die Flucht lächelt ohne Hoffnung.
Von Gefühlen gefangen, die Wirklichkeit krönt magische Momente.
Von Gefühlen gefangen, die Richtung kämpft um den Sieg.

Ich treffe dich am Neunten um 12 Uhr zu einem Vier-Augengespräch

Ich, Benjamin

(Plakatständer Teil 1)

Ich stand schon einige Minuten am Jakominiplatz. Früher als notwendig da zu sein, war mir schon lange sehr wichtig geworden. Ich hasse es, zum Beispiel einer Straßenbahn oder einem Autobus nachkeuchen zu müssen.

Am „Jako" in Graz, der steirischen Landeshauptstadt, sollte um 7:30 Uhr mitteleuropäischer Zeit die Straßenbahnlinie 1 ankommen, um mich zum Bahnhof zu bringen. 180 Mal sollte bis dahin die Uhr noch ticken müssen, meldete die Haltestelleninfo. Ein Hund, braunes Fell und eine mittelgroße Statur, wurde von mir ins Visier genommen. Er schien herrenlos zu sein. Er schnüffelte sich einfach durch die Beine der Morgenmenschen. So richtig nahm aber der Vierbeiner keinen Zweibeiner wahr, was auch mir Ruhe schenkte. Als einer, welcher als Kind ein paar Mal zum Bissopfer eines solchen Tieres wurde, erklärte ich mir nun die Lustlosigkeit des Hundes an den vielen ihm zur Auswahl stehenden Beine damit, dass sein Frühstück gut schmeckend und in der Portion vollkommen ausreichend gewesen sein musste. Dieser Gedanke erheiterte mich ein wenig.

Vor einem Plakatständer blieb er stehen. So, als wollte er die darauf plakatierte Botschaft lesen, blickte sein Kopf auf das Geschriebene. Dabei nahm er sogar die hundetypische Sitzstellung ein.

Ein Foto, schoss es mir durch den Kopf.

Ich griff nach meinem Handy und hoffte, dass Wuffi so sitzen bleiben würde. Das erste Mal drückte ich in der Standardeinstellung der Handykamera den Auslöser. Danach betätigte ich einige Male den Zoom, um den Hund vor dem Plakatständer größer ins Bild zu bringen. So entstanden weitere Aufnahmen.

Eine alte Garnitur einer Straßenbahn quietschte in die Haltestelle. Überrascht, dass ich mich diesmal nicht einem Kampfbis

7

aufs Blut für einen Sitzplatz aussetzen musste, eroberte ich einen solchen diesmal problemlos. Nun hatte ich einige Stationen lang Zeit, meine geknipsten Hundefotos zu begutachten. Mit dem, was ich am Handydisplay sah, war ich zufrieden. Zur gleichen Zeit wurde auch meine Neugierde geweckt. Es waren die Worte, welche am Plakat, vor dem der mit dem braunen Fell sitzende, angeblich treueste Freund des Menschen saß, zu lesen waren.

„Ich suchte den HERRN, und er antwortete mir – und aus allen meinen Ängsten rettete er mich", Psalm 34, 5.

Wie wahrscheinlich 99 Prozent der Fahrgäste der Grazer Verkehrsbetriebe konnte ich auch diesmal unversehrt am Bahnhof aus der Bim steigen. Dort wartete schon auf Bahnsteig 4 mein 93 Tonnen schweres Baby, mein Dienstfahrzeug, eine Lokomotive mit dem Namen Taurus von den Österreichischen Bundesbahnen.

Der Schriftzug

Das Berühmte „Es fiel mir wie Schuppen von den Augen" ereignete sich bei mir auf der Bahnstrecke zwischen Frohnleiten und Rothleiten. Als Lokführer eines Güterzuges war ich mit dem Ziel Wien unterwegs.

In meiner Schulzeit, und diese lag mittlerweile schon einige Jahre hinter mir, musste ich ziemlich angewidert „Die Bürgschaft", getextet von Friedrich Schiller, gemeinsam mit vielen Schulleidensgenossen auswendig lernen. Dafür verantwortlich war unser Deutschprofessor, welcher uns auch in Biologie und Bildnerischer Erziehung unterrichtete. Aufgrund seiner Zuneigung zur darstellenden Kunst wurden wir mit seiner eigenen Darstellung der Buchstaben des Alphabetes unterrichtet. Respektlos bezeichnete mein Schulkamerad und bester Freund Clemens diese Zierschrift als eine misslungene Abwandlung der ägyptischen Hieroglyphen, was leider auch unserem Professor zu Ohren kam. In Folge wurde Clemens sehr oft die Ehre zuteil, der Klasse die auswendig gelernten Strophen der Bürgschaft vorzutragen. Nun aber war es genau dieser Schriftzug, diese Zierschrift oder diese Hieroglyphen, wie Clemens sie nannte, mit welchem die Worte am Plakat unter Verwendung eines dick schreibenden blauen Filzstiftes geschrieben waren.

Psalm 34,5: „Ich suchte den HERRN – und er rettete mich aus allen meinen Ängsten."

Graz Ostbahnhof

(Regenwurm 1)

Mattheo, ein jüngerer Kollege, welcher ebenso im Dienst der Fortbewegung auf Schienen wie ich steht, nett und sympathisch – so würde ich spontan von ihm reden, in einer näheren Betrachtung würde ich ihn auch als einen großen Feind oberflächlicher Unterhaltungen beschreiben.

Einmal, ich habe es genau in Erinnerung, erzählte er mir von seinem Hobby, dem Malen. Meine ehrliche Neugierde bat ihn, mir einmal von seinen Werken eine Kostprobe zu verabreichen. Mattheo ließ nicht lange auf sich warten. Nur wenige Tage später war es so weit.

„Du hast es dir einzig und alleine selbst zuzuschreiben", lächelte er, als er seine Zeichenmappe, die ich mit dem ersten Blick erkannte, auf das Tischchen des Bistros legte und diese aufschlug. Zuerst las ich den Text des Bildes:

Der Regenwurm wünscht sich auch, geliebt zu werden, der Vogel sagt: „Ich habe dich zum Fressen gern." Dann erst begann ich, das Gemalte zu betrachten.

Nach ausreichender Betrachtung legte ich los. Ich konnte beobachten, wie er seine Ohren spitzte.

„Das, was ich hier sehe, werde ich selbst, auch wenn ich von heute an einverleibt nur mehr den Malerpinsel schwingen würde, mit keinem einzigen Pinselstrich jemals so schön darstellen können wie du."

Unverblümt fragte er mich: „Bist du betrunken, Benjamin?"

„Nein", antwortete ich. „Ich will dir mit meinen Worten mein ehrliches Gefallen zu deinem Bild und deinem Talent bekunden. Dazu wollte ich nicht nur ‚Ja es gefällt mir' sagen, sondern basierend auf eigener Erfahrung weiß ich, wie schwer das Malen in Aquarell ist."

„Ich bezahle den Kaffee", schmunzelte Mattheo.

„Schon bezahlt", war meine Antwort.

Das erste Bild

Nun, da war dieser freundliche Vogel. Keiner, der ihn so sah, würde ihm eine böse Absicht bezüglich des Würmchens unterstellen wollen. Zum Fressen gern ist nicht gleich zum Fressen gern, oder doch? Wie hätte das Würmchen reagieren können?

Zum Fressen gern sagt man, um Liebkosungen anzukündigen. Zum Fressen gern würde aber ebenso eine Gefahr sein können. Diese verschiedenen Darstellungen einer Wertschätzung oder gar einer Liebeserklärung, bis hin zum Verdacht, dass das Gefieder gegenüber einfach Hunger zu haben scheint, machte es dem Kriechtierchen nicht gerade einfach. Es schien mir sehr nachdenklich zu sein. Ein Fragezeichen, so denke ich, hatte Mattheo als Körperhaltung des Würmchens ganz bewusst gewählt. Was, wer, wann, wo und ein neugieriges Wieso, von dem sprach das Bild. Weiteres waren noch die vielen bunten Blumen. Einige waren im Wuchs einem Fragezeichen gleich. Meine Erkenntnis war, dass dieses farbenfrohe Kunstwerk keine einzige Frage, welche beim Betrachten geboren wurde, zur vollkommenen Zufriedenheit beantwortete. Gerade dieser Umstand ließ mich neugierig werden, wie Mattheo seine angekündigten Fortsetzungen der Regenwurmbildgeschichte für kleine wie auch für große Kinder darstellen würde.

Professor „Friedrich Schiller"

Mich übermannte immer ein eigenartiges, ein etwas unange-
nehmes Gefühl, welches ich nicht anders beschreiben kann,
wenn ich ihn sah. Mein Professor und Klassenvorstand in den
Jahren meiner Schulzeit am Gymnasium stand wieder einmal
überraschend vor mir. Nun war er schon seit langer Zeit im Ru-
hestand. Auf Beurteilung meines ersten flüchtigen Blickes wirkte er alt und gebrechlich. Etwas unbeholfen, mit einem großen
schweren Koffer stand er vor der defekten Rolltreppe des Bahn-
hofes in Graz. Mein zweiter Blick erkannte, dass seine herrisch
strahlenden Augen immer noch die gleichen waren. Ich grüßte
ihn, so wie er es damals von allen seinen Schülern forderte, begrüßt zu werden. Dadurch versetzte ich ihn wahrscheinlich in
seine Schulvergangenheit zurück, war mir aber sicher, dass er
mich nicht erkannt hatte. Er dankte, wie es damals seine Ge-
wohnheit war, meinem Gruß kurz. Sein Blick forderte mich in
Folge unmissverständlich auf, ihm meinen Dienst als Koffer-
träger anzubieten. Ich fühlte mich in meine Schulzeit zurück-
versetzt. Damals genügte seine aufrechte Körperhaltung im
Zusammenspiel mit dem Einsatz seiner Augen. Derjenige, den
er kurz anstarrte, sprang sofort auf, eilte zu seiner Tasche, die
auf dem Lehrertisch abholbereit lag, und fragte unterwürfig, in
welches Klassenzimmer sein Gepäck zu bringen war.

Wortlos griff ich nach seinem Koffer und genauso überließ
er ihn mir. Die Positionen waren bezogen und ohne Worte gingen wir die Stufen hoch. Mittels kurzer Anweisungen sagte er
mir, wo sein Auto stand. Mit der Fernbedienung öffnete er die
Heckklappe seines Kombis und ich legte sein Gepäckstück darin
ab. Zuerst wollten es meine Ohren nicht glauben.

„Danke", hörte ich.

„Danke, Florian", vernahm ich in Folge.

Die Namensverwechslung zu meiner Person störte mich
nicht. Umso größer war meine Überraschung, weiter aus seinem

Munde zu hören: „Danke, Benjamin Florian." Er verwendete als einziger Mensch wie damals zu meiner Schulzeit meine zwei Vornamen, die so in meiner Geburtsurkunde nachzulesen sind.

„Gerne, Herr Professor. Kommen Sie gut nach Hause." Ich konnte es wiederum fast nicht glauben. Er lächelte, was mir an ihm sehr fremd war, und winkte mir zum Abschied zu.

Valentina – Erste Begegnung

Nachdem ich auf die Rolltreppe aufgesprungen war, blieb ich stehen. Ich rang nach Luft. Ein Verkehrsunfall hatte das Vorwärtskommen der Straßenbahn mit dem Ziel Hauptbahnhof, in der ich war, blockiert. So stiegen alle Fahrgäste aus und mussten den letzten Kilometer zum Bahnhof laufend zurücklegen, sollten sie die Absicht besitzen, diesen einen Zug wie ich noch erwischen zu wollen. Meine Lungen schmerzten. Die bekannte weibliche Lautsprecherstimme kündigte die Abfahrt des Zuges an.

Wie ich solche Situationen hasse, dachte ich und hetzte mit meinen letzten Kräften die noch verbliebenen Stufen hoch. Nur wenige Sekunden, bevor die Türen vom Lokführer endgültig verschlossen wurden, sprang ich mit einem Satz in einen Waggon. Sauerstoffarmut meldete mein Kopf. Übelkeit meldete mein Magen, die durch kurzfristige Überlastung des Organismus entstand. Eine allgemeine Kraftlosigkeit meiner Gliedmaßen musste ich zur Kenntnis nehmen.

Nun galt es aber, einen Sitzplatz in diesem immer überfüllten Zug zu finden. Keuchend watschelte ich ohne Erfolg den Gang des ersten Waggons ab. Dies geschah mit großer Vorsicht, da ich nach dieser körperlichen Anstrengung nicht ausschließen konnte, mir selbst auf die heraushängende Zunge zu treten. Es war das erste Mal in meinem Bahnhofsalltag, dass ein solcher Einsatz notwendig gewesen war, um in diesen Zug zu gelangen, da ich pünktlich meine Lokomotive zu erreichen hatte, die einige Stationen weiter auf mich wartete.

Beim Durchschreiten des zweiten Waggons konnte ich fast nur besetzte Plätze wahrnehmen. Langsam begann sich mein Körper an seinen Ruhepuls zu erinnern. Ich setzte meine Wanderung durch den Zug fort. Meine Suche nach einem bescheidenen Plätzchen, welches ich für mich zu beanspruchen gedachte, war durch das Verhalten einiger Fahrgäste oder Sitzplatzhamsterer, wie ich diese Personen bezeichne, fast zum Scheitern verurteilt. Meine

Erklärung zu diesen Mehrplatzeigentümern. Natürlich soll das Hinterteil einer Person mit gültiger Fahrkarte seine verdiente Ruhe auf einem behaglichen Platz finden. Auf einer weiteren Sitzgelegenheit breiten sich aber die strapazierten Füße desjenigen aus, und mindestens noch ein Sitzplatz wird für Gepäck und Utensilien der verschiedensten Art und Weise beansprucht. Suchende werden mit verächtlichen Blicken bestraft und damit erfolgreich verscheucht. So kapitulierte ich auch im dritten Waggon auf meiner Suche nach einer Bleibe. Zu meiner Freude erspähte ich im vierten Waggon in einem Abteil, welches bekanntlich sechs Sitzplätze anbietet, nur zwei Reisende. Mein Glück wollte es gar nicht fassen, da ich zwei junge Frauen erkannte, wobei besonders eine von hinreißender und verzaubernder Optik war. Mit dem Öffnen der Schiebetür wurde natürlich ihre Aufmerksamkeit auf mich gelenkt. Ich grüßte und fragte nach einem der vier übriggebliebenen fast freien Sitze.

„Nein", antwortete mir die nach meiner Beurteilung zur Folge Unfreundliche. Die hinreißende und verzaubernde Optik schwieg lächelnd.

Ohne Worte trat ich noch einmal aus dem Abteil, um zu sehen, ob eine Reservierung für die freien Plätze vorgesehen war. Eine solche war nicht zu erkennen.

Dadurch fühlte ich mich bestätigt, wieder ins Abteil zurückzukehren, und fragte das unfreundliche Fräulein: „Sind Sie im Besitz eines Mehrplatzfahrscheines?"

„Eines was?", fragte die Unfreundliche unfreundlich nach.

„Ein Mehrplatzfahrschein", wiederholte ich mich. „Da Sie für sich drei Plätze beanspruchen."

„Ja, natürlich habe ich einen solchen", war ihre schnippische Antwort. Ich konnte nicht glauben, dass diese Person so leicht aufs Eis zu führen war. Ich meinte fast mitleidig: „Es gibt keinen Mehrplatzfahrschein."

„Mir ist mein Gepäck einfach zu schwer", süßelte sie nach einer Pause.

„Also, wenn das der einzige Grund ist", flötete ich freundlichst, griff nach ihrem Gepäck und dieses landete fast im selben Augenblick in der dafür vorgesehenen Überkopfgepäckablage.

Sie sprach zwar kein Wort mehr, aber ich spürte, wie sie ihr Gift versprühte.

Mit einem Augenzwinkern bestätigte mir die hinreißende und verzaubernde Optik, richtig gehandelt zu haben. Ich wünschte, mit ihr ins Gespräch kommen zu können, musste aber erkennen, dass sie sich wieder in das Buch vertieft hatte, welches sie in den Händen hielt.

„… große Beute …“, las ich am Cover ihres Gutenbergwerkes. Mir sagten weder der Titel noch der Name des Autors etwas. Meine diskrete Beobachtung galt nun nur mehr ihr. Fast jedes Mal, wenn sie eine Seite im Buch umblätterte, schenkte sie mir einen freundlichen Blick.

Mir wurde aber auch klar, dass die andere nach Rache lechzte. *Was führt sie im Schilde?*, fragte ich mich.

Zwischendurch konnte ich vernehmen, dass der Personenzug, in dem wir uns befanden, eine weitere Station anbremste.

Die Süße blätterte gerade in ihrem Buch weiter. Das strahlende Lächeln ihrer Augen traf mich wieder.

Die uns bekannte Lautsprecherstimme nannte die nächste Haltestelle. Die Unfreundliche begann, ein wenig Stress aufzubauen. *Es wird wahrscheinlich zu ihrem Plan gehören*, dachte ich mir, da der Zug gerade gemächlich begann, Tempo abzubauen. Auffallend schnell brachte sie ihre Umgebung in Ordnung. *Sollte so etwas wie Hektik als Entschuldigung herangezogen werden?*, war meine nächste Frage an mich, die ich mir aber nicht beantworten konnte.

Noch bevor mein Lokführerkollege die Bremse für die Haltestelle betätigte, war sie auf ihren Beinen und griff nach ihrem Gepäck, welches ich im Überkopfgepäckabteil über mir abgelegt hatte.

Nachdem ich ihr Greifen nach dem Gepäck beobachtete und mich an ihre Aussage, dass die Tasche ihr zu schwer sei, erinnerte, fuhren meine Hände fangbereit in die Höhe. Sekunden später fiel wie von mir erwartet ihr Gepäckstück in meine Arme, welches mich in ihrem Plan der Rache unvorbereitet treffen hätte sollen. Sofort erkannte sie, dass ihr Anschlag gegen mich, die

Vergeltung, nach der sie trachtete, gescheitert war. Bloßgestellt wurde sie auch noch durch den Applaus der hinreißenden und bezaubernden Optik, welche das Schauspiel mit beobachtet hatte. Blitzschnell wurde mir von ihr die Tasche aus meinen Händen gerissen. Fluchtartig verließ sie das Abteil.

Meine hinreißende und bezaubernde Optik hatte ihr Buch an ihrer linken Seite abgelegt. Auch sie traf Vorbereitungen, um bei der nächsten Haltestelle auszusteigen. Ich wollte sie nach ihrem Namen fragen, nach ihrer Telefonnummer, ich wollte sie zum Essen einladen und ihr einen Heiratsantrag machen, aber ich brachte kein Wort heraus.

„Fahren Sie immer mit diesem Zug?", fragte sie mich.

Warum? Ich konnte es mir nicht beantworten, aber ich nickte nur mit dem Kopf und schaffte es, bei dem Wort *Ja* zu stottern.

„Ich werde für Sie in Zukunft einen Platz freihalten."

Plakatständer Teil 2

Mir war der Plakatständer lieb geworden. Nicht oft genug konnte ich, oder alle unter Stress stehenden, rastlosen aber auch glücklichen und lächelnden Menschen an die Zusage von Psalm 34,5 erinnert werden. Darin war ich mir vollkommen sicher. Ich sprach ihn mir oft vor: „Als ich den HERRN suchte, antwortete er mir. Und rettete mich aus allen meinen Ängsten." Im Falle meines Lokführerkollegen, der immer wieder biblische Verse in den Zügen, in denen er seinen Dienst verrichtete, hinterließ, beantwortete ich erstmalig „seinen" Psalm 32,7, „Du bist ein Bergungsort für mich, vor Bedrängnis behütest du mich, und umgibst mich mit Rettungsjubel", mit meiner Bibelstelle.

Es war keine Panikattacke, die ich mit dem Fehlen des Ankünders erlebte, aber ein bisschen *Du fehlst* spürte ich doch. Mit großer Freude begrüßte ich einige Tage später sein Comeback mit einer neuen biblischen Mitteilung an uns Menschen. Wieder schoss ich mit meiner Handykamera, diesmal ohne lesenden Hund, davon ein Foto. Wieder las ich als glücklicher Sitzplatzinhaber die Botschaft des Plakatständers in der Straßenbahn. Der Psalm 51 mit dem dritten Vers wurde uns diesmal angeboten. „Sei mir gnädig, o Gott, nach deiner Gnade, tilge meine Vergehen nach der Größe deiner Barmherzigkeit." Die Hieroglyphen gefielen auch diesmal wieder optisch, durch die Verwendung des blauen, dick schreibenden Filzstiftes, welcher schon beim ersten Mal im Einsatz gewesen war. Unter dem Psalm wäre kleiner geschrieben noch etwas zum Lesen gewesen. Meine Handymöglichkeit der Bildvergrößerung versagte. Zu unscharf wurden die Buchstaben in der Darstellung des schwarzen Filzstiftes für mich und daher auch nicht lesbar. Meine Neugierde musste sich einige Tage gedulden. Ich fragte mich aber: *Gnade? Wozu? Benötige auch ich so etwas wie Gnade? Wie unmodern ist dieses Wort?* Meine Dienstfahrten in Vorarlberg hatten ihr Ende gefunden. Schon am nächsten Morgen stand ich noch früher als gewöhnlich am Jakominiplatz. Die Wortmeldung in Schwarz, die ich am Handy nicht lesen konnte, besaß meine uneingeschränkte Aufmerksamkeit.

Worte wurden weggespült, so mächtig waren die Wellen.
Worte wurden runtergespült,
so schnell waren die Buchstaben vergossen.
Gedanken wurden ertränkt, so darf kein Mitfühlen leben.
Gedanken wurden versenkt, so erbarmungslos
ist der Mensch.
Viele glauben vergeblich, den Glauben zu glauben. Viele sagen
im Wunsch zur Erlösung, ich bin erlöst.
Das Geschlecht des Selbstbetruges erlebt einen
unüberschaubaren Zulauf,
und die große Schar der Heuchler wird stündlich größer.
Wir leben schon wieder mitten in der Sintflut.
Um deines großen Namens Willen, HERR JESUS, sei uns
Sündern gnädig!

Hund Carlos

Zwei oder drei Tage später las ich das erste Mal eine Telefonnummer auf dem Plakatständer mit den biblischen Nachrichten. Bei meinem ersten Versuch der telefonischen Kontaktaufnahme wurde ich aufgefordert, auf die Mailbox zu sprechen. Ich kam der Aufforderung nicht nach, doch bereits einige Minuten später erschien auf meinem Display die mir bekannte Nummer. Ich meldete mich mit den Worten: „Einen schönen guten Morgen."

„Einen wunderschönen guten Morgen", antwortete eine mir bekannte Stimme.

In meiner Gedächtnisleistung gefordert, und ich denke, kein Computer auf dieser Welt hätte ein schnelleres Ergebnis als ich anzubieten gehabt. Ich freute mich, meinen als verschollen gedachten Freund Clemens am anderen Ende der Telefonverbindung zu hören. Wir plauderten, erzählten, tauschten und aus. Spontan erkundigt er sich nach meiner Adresse und meinte er würde mich in ein paar Minuten abholen.

„Wir dürfen nicht zu spät kommen." Mit diesen Worten begrüßte mich Clemens, wobei er mir schon in meiner Annäherung zu seinem alten blauen Kombi mit seiner linken Hand zuwinkte.

„Ich wusste gar nicht, dass so alte Autos eine Straßenzulassung besitzen, solche Oldtimer gibt es normalerweise nur mehr in einem Museum zu sehen", sagte ich lächelnd und im Auto Platz nehmend.

„Ein Schnäppchenkauf, mein Freund", konterte Clemens. „Der Vorbesitzer, ein sehr netter Mann, sah aufgrund seiner altersbedingten körperlichen Verfassung schweren Herzens ein, dass es klüger sei, nicht mehr Auto zu fahren. Der gute Volvo hatte nur ein paar tausend Kilometer am Tacho und war noch dazu garagengepflegt." Dies alles erzählte er mir, während er sich aus der Parklücke kurbelte und sich in die Kolonne der Fahrzeuge stadtauswärts einfädelte. Ich fragte nicht nach dem Ziel unserer Fahrt, bis ich beobachtete, wie er sich vor dem Landestierheim einparkte. *Optimal*, dachte ich. *Leider leide ich an einer Katzenhaarallergie und an meine Angst vor Hunden möchte ich erst gar nicht erinnert werden.*

„Willst du mir eine Schildkröte vorstellen, die ein Zuhause sucht?", fragte ich Clemens.

„Fast richtig", antwortete er und hielt mir die Tür zum Eintreten ins Gelände des Tierheimes auf.

Ich fühlte mich durch das hörbar laute Bellen der vielen Hunde nicht wohl. An der Art der Begrüßung, Küsschen links und rechts, vermutete ich zu Recht, Clemens war der Verwalterin hier kein Unbekannter. Mir reichte diese etwa 30-jährige, schwarz gefärbte Tierfreundin ihre rechte Hand zum Gruß. Auch sie verspürte mein Unbehagen, da sie fast mitleidig schmunzelte und sagte: „Keine Angst, du wirst hier nicht gefressen.

Mein Kopf begann, einige Möglichkeiten durchzuspielen.

a) Ihre Aussage, mit der sie mich zu beruhigen versuchte, beruhigte mich keineswegs.
b) Der dazugehörende „Klassiker" fiel mir ein. Einem Kind, welches Angst verspürt, und dies mutig mitteilt, soll nicht gesagt werden: „Du brauchst keine Angst zu haben."
c) Wie lange sind die Hunde hier schon eingesperrt?
d) Ich weiß, Hunde spüren die Angst der Menschen.
e) Ich werde …

Eine Hand ergriff meine Schulter. Es war ein spürbares zartes Zugreifen.

Es ist kein Hundegebiss, stellte ich erleichtert fest.

„Ich bin bei dir, Benjamin. Ich werde dich beschützen. Kein Hund wird dir schaden", sagte Clemens. Ich bekenne, in der Furcht wird nicht Mut oder die Lust zum Kampf geboren. Eines aber ist mir gewiss, mit einer Angst im Nacken ist man leichter zu führen. Durch eine andere Tür gelangte ich, aufgefordert von den beiden und ihnen daher folgend ins Reich der bellenden Vierbeiner. Ich fühlte mich von den Hunden umzingelt. Dies erlebten auch die beiden, deren Gefolgschaft ich war, jedoch mit ganz anderen Gefühlen als ich, war ich mir sicher. Bevor sie den Zwinger, und ich sah sehr viele solcher, öffnete, sagte sie zu mir: „Beobachte bitte die Freude des Hundes, da er Clemens wieder sieht." Ich tat wie aufgefordert. Der Vierbeiner stürmte buchstäblich auf meinen Freund zu. Er empfing ihn mit den Worten „Hallo mein Freund", und begann sofort, sein Fell zu kraulen.

„Servus, Carlos, braver Hund", wiederholte er sich und das Tier von der Abstammung eines Wolfes winselte, schlug wie wild mit seinem Schwanz und umrundete immer wieder die Beine von Clemens. Mein zweibeiniger Freund redete liebevoll auf ihn ein, während Carlos zwischen seinen Freudentänzen immer wieder versuchte, Clemens an irgendeiner Körperstelle abzuschlecken. Ich war richtig erleichtert, dass er von mir keine Notiz nahm. Das Begrüßungsritual wollte kein Ende nehmen. Der Hund warf sich auf seinen Rücken, ließ sich den Bauch massieren, schoss zwischendurch in die Höhe, um die Hände von Clemens abzuknabbern, bellte immer wieder und teilte uns so seine große Freude über den Besuch mit. Es war auch für mich als Antihundeflüsterer ergreifend, dieses Schauspiel zu beobachten und es steigerte sich, als Clemens die Leine aus seiner Jackentasche zog, um dem Hund zu vermitteln: Auf Los geht's los.

Gehorsam marschierte Carlos auf das Kommando „Fuß" auf der linken Seite neben seinem Herrn. Wir gingen Richtung Hundespielwiese und Clemens begann zu erzählen.

„Carlos ist eine Mischung zwischen einem Border Collie, welche seine Mutter ist, und Hunden." Er lachte. „Ja, bei Hunden ist es durchaus möglich, mehrere Väter zu haben. Als etwas schwieriger Hund wurde er in der Tierecke in einer Tageszeitung vorgestellt. Mehr als schwierig bezeichnete mich meine damalige Freundin, als sie unsere Beziehung beendete. Dadurch sah ich in Carlos einen, der vielleicht mein eigenes Wesen widerspiegelte, was für mich eine Herausforderung wurde. Klingt das nicht gut, Benjamin?", fragte er, wartete meine Antwort aber erst gar nicht ab.

„Nein. Jetzt mal ehrlich. Eigentlich suchte ich zu dieser Zeit, ich weiß nicht was. Eine Aufgabe, in der ich Verantwortung tragen sollte, wäre gut, meinte mein Vater. Bevor ich mich das erste Mal in die Nähe von Carlos wagte, verschlang ich vier Bücher, welche Hunde und ihr Verhalten beschrieben. Carlos war aber, ich konnte es beim ersten Blick als belesener theoretischer Hundefachmann feststellen, nicht einer dieser in den Büchern vorgestellte Rassehunde. *Schluck*, war mein zweiter Gedanke. An meinem Gesichtsausdruck konnte Fräulein schwarzes Haar, übrigens, sie heißt Melanie, erkennen, dass ich verunsichert war. Mit mehreren Sorgenfalten auf ihrer Stirn fragte sie mich, ob ich bei meiner Entscheidung für Carlos bleiben wollte. Welche Frage, rügte ich sie und war mir zugleich nicht sicher, ob ab diesem Zeitpunkt beim Betreten des Tierheimes Pampers für Erwachsene zu meiner Schutzkleidung gehören sollten." Wir lachten.

Clemens gelang es immer wieder zu unterhalten, erinnerte ich mich und es freute mich, dass er nichts von seinem Talent eingebüßt hatte.

„Viele Besuche waren nur von seinem Knurren, aggressivem Bellen oder sofortigem Fluchtverhalten gekennzeichnet, wenn ich ihm auch nur einen Schritt näher kam, als es ihm lieb war. Meine Leckerlis, das sind Nascherein für Hunde, schienen bei ihm in ihrer Aufgabe zu scheitern. Aber genau diese Ablehnung forderte mich heraus. Eines Tages aber, im Bus sitzend, ich war damals noch nicht im Besitz meines alten Volvos, total in Gedanken an Carlos und wie er mich wieder ablehnen würde, versunken, machte die Straßenbahn so etwas Ähnliches wie eine Notbremsung. Viele Fahrgäste, die keinen Sitzplatz hatten, waren dem Masseträgheitsgesetz ausgeliefert. Ein solcher in Bewegung geratener weiblicher Körper traf mich und landete zu meinem Glück auf mir. So schnell, wie ich davon überfallen wurde, so schnell wurde ich ohne mein Zutun von diesem wieder befreit. Sie war eine hinreißende und verzaubernde Optik."

Ich erinnerte mich an meine hinreißende und verzaubernde Optik im Zug. Zu unserer gleichen Wahrnehmung wollte ich Clemens bei nächster Gelegenheit erzählen. „Sie entschuldigte sich sofort bei mir. Gleichzeitig wollte sie mir die Gelegenheit wahrnehmend vermitteln, dass es keine Zufälle gäbe. Ich wollte ihr nicht widersprechen, da ich einfach ihre Schönheit genoss. Jesus Christus sei es, in seinen Händen läge alles. Sie sprach weiter. Ich hörte zwar ihre Worte, aber sie im Bild wahrzunehmen, war mir viel wichtiger. Leider stieg sie bei der nächsten Haltestelle aus und ich wusste weder ihren Namen, noch ihre Telefonnummer. Zu gerne hätte ich sie zum Essen eingeladen. Bei dieser Gelegenheit hätte ich ihr einen Heiratsantrag gemacht." Jetzt war mir klar, dachte ich, Clemens, wir müssen reden!

Brot

(glücklicher Pilz)

Ich lief wieder einmal. Ich laufe gerne. Wahrscheinlich unerklärlich, aber ich laufe genauso gerne bei Dunkelheit. Bin ich einmal in Bewegung, entscheide ich mich meistens spontan, welches Ziel ich anvisiere. So war es auch damals eine spontane Entscheidung, an dem Lebensmittelgroßmarkt, in welchem ich meistens meine Besorgungen erledige, vorbeizulaufen. Um 21 Uhr sollte dort niemand mehr anzutreffen sein, meinte ich. Meine Aufmerksamkeit fiel auf zwei dunkle Gestalten, die sich in der Nähe der Laderampe des Marktes bewegten. Ich würde mich nicht gerade als ein neugieriges Wesen bezeichnen, aber die beiden hatten es mir angetan. So näherte ich mich den beiden.

„Verschwinde", zischte mich einer an.

Das gegenteilige Verhalten von mir war der Fall, da ich die Höflichkeit in seiner Bitte sehr vermisste.

„Was macht ihr da?", fragte ich.

Der andere, mittlerweile hatte ich erkannt, dass es sich um zwei Männer handelte, meinte ruhig und besonnen: „Entschuldigung. Und du?" Damit meinte er sicherlich seine Begleitung. „Halt einfach Mund."

Natürlich kam ich sofort zum Schluss, dass dieser Mann Deutsch nicht als Muttersprache haben konnte.

„Was macht ihr eigentlich da?", fragte ich erneut.

Der, welcher aufgefordert wurde, nichts zu sagen, sagte: „Da hier ist Caritas."

Jetzt erst verstand ich die Absicht der beiden. Sie wollten sich sicherlich an den nicht verkauften Backwaren vom Vortag bedienen.

„Glauben Sie, dass ich dumm bin?", fragte ich. „Ich weiß, dass hier nicht die Caritas ist. Vielmehr vermute ich, dass Sie hier sind, um zu stehlen."

Ziemlich gelassen beobachtete ich ein körperliches Aufbrausen mit unverständlichem Geschreie des Einen. Der Zweite versuchte, ihn zu stoppen. Nachdem er in seiner Landessprache seine Begleitung beruhigt hatte, gestand er: „Ja, wir stehlen. Kinder haben viel, sehr viel Hunger. Wir haben keine Arbeit. Wir stehlen Brot. Du bist hoffentlich glücklicher Pilz und brauchst nicht Brot stehlen."

In meiner Laufjacke, in der linken Außentasche, welche mit einem Reißverschluss verschließbar war, befanden sich immer zwei oder drei Geldscheine, um mit einem Taxi nach Hause fahren zu können, sollte ich mich einmal irgendwie verletzen und dadurch an ein laufendes Vorwärtskommen nicht mehr zu denken sein. Ich griff nach meinen Geldscheinen und reichte diese dem Einen. Ich denke, er konnte nicht fassen, was mit ihm geschah. Ich drückte ihm das Geld mit der Aufforderung „Kaufe damit bitte Butter und Wurst für das Brot der Kinder" in die Hand. Ich wartete keinerlei Reaktion von den beiden ab, begann wieder zu laufen und schmunzelte. Ich war mir sicher, dass ich ein glücklicher Pilz bin. Zwar in der Tat unverdient, aber trotzdem ein sehr, sehr glücklicher Pilz.

Valentina

Alles gegeben,
in der Zeitnot der Ewigkeit.

Alles bekommen,
in der Ewigkeit ohne Zeit.

Meine Antworten werden von deinen Fragen besprochen, meine
Schritte werden von deinem Weg geführt.

Alles hat mehr als alles.
Mein Mehr als alles bist DU …

Valentina – zweite Begegnung – Sonnenregenschirm

Ich war froh. Ich war glücklich, ich hatte Valentina endlich wieder im Zug gefunden. Eine ganze Woche Urlaub wurde von mir benötigt, um sie wieder aufzustöbern. Egal, ich hätte meinen gesamten Urlaubsanspruch, wenn es notwendig gewesen wäre, für dieses eine Wiedersehen verwendet. Ich fragte mich, ob sie mich wieder erkennen würde. Mit einiger Nervosität öffnete ich das Abteil. Als Freund guter Filme fragte ich mich, wie Hollywood so ein Zusammentreffen gestalten würde. Wie sie lächelte, als sie mich sah, wie ihre Hand auf den freien Platz ihr gegenüber zeigte und wie sie sagte „Ich habe diesen Platz für dich freigehalten“, war ich mir sicher, kein Film könnte Besseres anbieten.

„Ich freue mich, dich wiederzusehen“, sagte ich, diesmal ohne zu stottern.

„Die Freude ist auch ganz auf meiner Seite“, durften meine Ohren hören.

Der Regen, welcher beim Einsteigen in den Zug noch ein sanftes Tröpfeln war, hatte sich mit der Zeit zu einem Regenguss verwandelt. Wir tauschten in diesem Zeitraum bis zur Haltestelle, an der sie aus dem Zug sollte, nicht nur unsere Namen und Telefonnummern aus. Der Himmel aber, aus welchem Grund auch immer, hatte begonnen, Wasserwerfer einzusetzen. Ich begleitete Valentina aus dem Zug. Alle warteten unter dem Bahnsteigvordach und wagten es nicht, einen Schritt ins Freie zu machen, wo unerbittlich eine Menge Nässe auf sie wartete. Einige schickten vorwurfsvolle Blicke nach oben, so als könnten sie damit den Regen stoppen.

Im Gastgarten der Bahnhofskneipe, gegenüber dem Bahnsteig, auf dem wir uns befanden, erblickte ich einige Sonnenschirme in den verschiedensten Farben. Kurz dachte ich nach. Mit meinem linken Zeigefinger deutete ich zu den Schirmen und fragte Valentina im gleichen Augenblick, welcher es sein dürfte.

Sie sah mir tief in die Augen.

„Den türkisen bitte", schmunzelte sie und war sich sicher, dass ich nur scherzte.

Den Laufschritt hätte ich mir sparen können. Zwar waren nur wenige Schritte notwendig gewesen, um mein Ziel, das Türkis, zu erreichen, aber es genügten noch weniger Schritte, um vollkommen durchnässt zu sein. Hastig zog ich den einzigen in ihrer Wunschfarbe gefärbten Sonnenschirm aus seiner Halterung, spannte ihn problemlos auf, was bedeutete, dass der Öffnungsmechanismus nicht klemmte und ich mir diesmal ausnahmsweise meine Finger nicht zwickte. Mit dem Lächeln des Siegers bat ich Valentina unter den Schirm. Ich hörte Applaus und blickte in die Richtung, aus welcher er kam. Ein sehr betagtes weißhaariges herzliches Pärchen klatschte. Besonders die alte Dame war von dem von mir gebotenen Schauspiel so ergriffen, dass sogar einmal ein „Bravo" über ihre Lippen kam. Wortlos, da Wortlosigkeit oft wunderbar spricht, geleitete ich Valentina zu ihrem Auto.

Mit den Worten „Vielen, vielen Dank" stieg sie ein.

Ich vernahm das Starten des Dieselaggregates und hörte das Surren des kleinen E-Motors, der die Scheibe der Fahrertür versenkte.

„Vergiss bitte nicht, ein heißes Bad zu nehmen und viel Vitamin C."

„Viel Valentina C?", fragte ich nach.

Sie formte ihre Lippen zu einem Küsschen, schickte es mir und fuhr los. In meinem Glück, ein Held oder ein Kasperl sein zu dürfen – manche Helden benehmen sich wie ein Kasperl und der Kasperl war manchmal ein Held – bot ich dem alten Ehepaar meinen Schirmdienst an. Sie nahmen dankend an.

„… und alles Gute für ihre Liebe", meinte die nette alte Dame noch augenzwinkernd. Ich war mir sicher, Hollywood hätte heute durch mich lernen können.

PS.: Der Fahrdienstleiter an diesem Bahnhof erkannte mich, rief mich, amüsierte sich über mich und bot mir trockene Kleidung im Tausch gegen meine nassen Klamotten an.

Zu Benjamin und Clemens bei Carlos im Landestierheim

(Teil 2)

„Ich wollte nicht glauben, weißt du. Glauben heißt Gott recht geben und das gefiel mir ganz und gar nicht. Noch eher war ich bereit, bis ans Ende der Welt zu laufen. Benjamin, weißt du noch, wir beide wollten das wahre einzige Ende der Welt entdecken, es erforschen und uns mit diesen Erkenntnissen bis an unser Lebensende feiern lassen."

Ich erinnerte mich daran. Unsere Phantasie beflügelte uns damals sehr stark. Die Gewissheit, dass unsere Expedition zu 100 Prozent mit Erfolg gekrönt werden würde, ließ uns viele gemeinsame schöne Stunden verbringen. Ich wollte mich noch zu einigen lustigen Details erinnern, doch Clemens ließ mir keine Zeit dazu. Die Hundespielwiese hatten wir erreicht. Einige vierbeinige Freunde von Carlos empfingen ihn freudig bellend und schwanzwedelnd. Das Kommando „Sitz" wurde von Clemens ausgesprochen. Der Hund wurde abgeleint und ich war mir sicher, dass er sofort zu Seinesgleichen durchstarten würde. Clemens wartete ganz kurz. Mit einer Handbewegung und den Worten „Viel Spaß" konnte das beliebte Fangenspielen unter den Hunden beginnen.

„Und dann", erzählte er weiter. „Wieder einmal fuhr ich mit der Straßenbahn, um Carlos zu besuchen. Diesmal sitzend erkannte ich meine kurze, aber aufregende Straßenbahnbekanntschaft, du weißt, welche durch ein Notbremsmanöver auf mir landete." Ich nickte nur, um ihm zu signalisieren: Ja, natürlich, Clemens, ich erinnere mich an deine Erzählung von diesem Vorfall.

„Benjamin, ich beobachtete sie und mit jeder Sekunde faszinierte sie mich mehr. Ich bestätigte meine erste Wahrnehmung. Sie ist eine hinreißende und verzaubernde Optik. Nun wünschte ich mir auch ein abruptes Bremsmanöver der Straßenbahn, um in genauer Berechnung von mir behutsam auf ihr zu landen.

Mein Wunsch schien aber nicht in Erfüllung gehen zu wollen." Da ich Clemens sehr gut kannte, ahnte ich sofort die Fortsetzung seiner Erzählung.

„Nein, das hast du nicht getan, ganz …", sagte ich, obwohl ich vom Gegenteil überzeugt war. Clemens fiel mir ins Wort: „Du hättest genauso wie ich gehandelt." Ich lachte und schüttelte meinen Kopf. „Du hättest es genauso wie ich gemacht, Benjamin, davon bin ich überzeugt." Dann war es still zwischen uns beiden. Wir blickten uns wie Duellierende tief in die Augen. Zeitgleich schoss es aus unseren Mündern: „Die Notbremse gezogen." Mit den Händen klatschten wir unsere Dummheit ab. Mit dem Becken stieß ich gegen das von Clemens und umgekehrt. Wir zerkullerten uns, sodass sogar die Hunde kurz ihr Spiel unterbrachen, um uns zu beobachten. Natürlich fanden wir wieder unsere Fassung, da uns schon Spaziergänger in ihr Visier genommen hatten. Ich bat meinen Freund, weiterzuerzählen.

„Im Anbremsen der Haltestelle, an welcher sie das letzte Mal ausstig, passierte es. Die Straßenbahn war kurz vor dem Stillstand. Ich wollte mit meiner Aktion keine Verletzungen der anderen Fahrgäste provozieren. ‚Kein Zufall‘, schmunzelte ich sie an. Sie war natürlich sichtlich überrascht, mich sitzend auf ihr wahrzunehmen. Ich bemerkte aber etwas Freude in ihrem Blick, als sie mich wieder erkannte. Nun war ich ein wenig unter Zeitdruck. In der Straßenbahn herrschte doch ein wenig Aufregung. Es gab natürlich Zeugen, die mich beim Ziehen der Notbremse beobachtet hatten. ‚Wie ist dein Name?‘, fragte ich. ‚Mirjam.‘ ‚Danke, Mirjam, darf ich bitte deine Handynummer haben?‘ Meine ersten Bitten waren gerade erhört, da vernahm ich, wie eine sehr erboste Frau im Alter von ungefähr einem halben Jahrhundert und mehr fast schreiend sagte: ‚Der war es, ich habe es genau gesehen.‘ Sie zeigte mit ihrer rechten Hand zielgenau nach mir. Ich erhob mich von Mirjam. Sie blickte mich fragend an. Der Straßenbahnlenker näherte sich rasch. ‚Wirst du auf mich warten?‘, schmunzelte ich meine hinreißende und verzaubernde Optik an. Sie hatte die Notbremse verstanden und gab mir kopfnickend ein Ja auf meine Frage. Der freundliche Ton, welchen der GVB-Bedienstete mir gegenüber anschlug, überraschte mich. Höflich fragte er, ob ich, wie die eine Zeugin behauptete, derjenige sei, der die Notbremse unerlaubterweise betätigte. Mein Blick suchte nach Mirjam. Vor meinem Geständnis wollte ich nochmals sichergehen, dass sie mein Handeln ein bisschen versteht. Sie schenkte mir ein Lächeln. ‚Ja‘, antwortete ich.

‚Das kann, mit Verlaub, Ihnen aber teuer zu stehen kommen‘, klärte mich der Straßenbahnlenker auf.

‚Das ist es mir wert‘, antwortete ich, wobei ich darauf achtete, nicht überheblich zu wirken. Ich blinzelte Mirjam zu.

‚Dein Handy, bitte‘, forderte sie mich auf. Ich reichte es ihr und sie programmierte mir ihre Nummer.

‚Okay‘, lächelte auch Herr Straßenbahn. ‚Schön, wenn die Hormone verrückt spielen!‘ Er bat mich, immer noch ruhig und freundlich, ihm zu folgen.

‚Wir hören uns‘ – mit diesen Worten gab mir Mirjam mein Mobiltelefon zurück.

‚Wir hören uns ganz sicher‘, wiederholte ich freudig. Wir marschierten zur Fahrerkabine vor. Immer wieder fragte er, ob sich jemand aufgrund des starken Bremsmanövers verletzt hätte. Zu meinem Glück verneinten alle Personen seine Frage. Meine persönlichen Daten notierte er sich in seinem Kalendertaschenbuch. Er meinte, dass es nicht auszuschließen sei, dass es sich jemand doch anders überlegte, wenn über Schmerzensgeld laut nachgedacht wurde. Danach setzte er die Straßenbahn wieder in Bewegung. Mit etwas Verspätung erreichte nun Mirjam ihre Haltestelle. Sie winkte mir und ich winkte ihr. Ich winkte noch immer, obwohl sie mich und ich sie gar nicht mehr sehen konnte. Der freundliche Endfünfziger im Cockpit der Bim lächelte, da er mich beobachtet hatte. Als wir die Endstation der Linie erreichten und ich mich verabschieden wollte, sagte er: ‚Ich feiere heute mit meiner Frau den 25. Hochzeitstag und Ihnen wünsche ich dasselbe.‘

Wir reichten uns zum Abschied die Hände. An diesem Tag erlebte ich auch bei Carlos das erste Mal so etwas wie ‚Versuchen wir es einmal miteinander‘ in seinem Verhalten. Meine Freude darüber, mein erstes Gespräch mit Mirjam, alles Positive in Summe an diesem Tag, ließ mich die Öffnungszeiten des Tierheimes vergessen. Als mich Melanie am Handy erwischte, meinte sie, es wäre sowieso schon lange an der Zeit, mit Carlos ein Wochenende zu verbringen."

„Wie war euer Wochenende?", fragte ich von Neugierde gepackt.

„Toll, mit einer Ausnahme. Montagmorgen war es schon. Er lief ohne Leine neben mir. Ich war kurz unaufmerksam und er war auf einmal verschwunden. Wie vom Erdboden verschluckt." Urplötzlich machte es Klick in meinem Kopf. Ich holte mein Handy aus meiner Hosentasche. Clemens stoppte in seinen Worten und beobachtete mich. Ein paar Sekunden später konnte ich ihm das Bild zeigen. Ort: Haltestelle Jako, in der Aufnahme ein Plakatständer und vor diesem ein sitzender Carlos, der die Botschaft darauf zu lesen schien.

Valentina

*Die Sonne ergibt sich deinem Schein
und die Sterne fallen freiwillig auf deinen Weg.*

*Der Mond berechnet durch dich die Gezeiten neu und das Meer
schenkt dir Ebbe und Flut.*

Schwerelos in deinem Orbit durch deine Flugbegleitung …

Valentina – dritte Begegnung

Ich war nervös wie schon lange nicht mehr in meinem Leben. Ich hatte für den Abend eine Verabredung mit Valentina. Viel zu früh hatte ich mit meinen Vorbereitungen begonnen. Obwohl ich extra lang duschte, mich gewissenhaft rasierte und jede Zahnfee mich nur noch loben würde. Nach langer Zeit wurde meinem Körper wieder ein Balsam gegönnt und zwischendurch beobachtete ich genauestens meine Armbanduhr.

Beim Uhrenvergleich mit Valentina mussten wir feststellen, dass sie neun und ich zwölf Minuten früher als verabredet in der Pizzeria eintraf.

Mit einem Schmunzeln meinte ich: „Vier Minuten mehr, welch große Freude."

„Mindestens", lächelte Valentina und fragte nicht nach meinem Volksschulabschluss.

Wir ließen keine Sekunde ungenützt. Nicht einmal wurde aus Verlegenheit nach dem Wohlergehen der Großeltern gefragt, oder der Versuch unternommen, über das Wetter zu diskutieren.

Wenn ihr Lächeln ihre Lippen formt,
wenn diese Strahlen in derselben Kraft ihre Augen färben, zu
diesem Zeitpunkt wird im Besprühen erlebt,
und im selben Augenblick die Erkenntnis bestätigt, dass meine
Verzauberung unter ihrem Schwur geschieht.

Jesus Christus

Eines noch. Einmal noch.
Nur noch heute. Startklar für morgen.
Wie hasse ich mein missbrauchtes Morgen
mit dem Klebstoff Lüge …

Alles zu wissen, trotzdem ein Täter im Handeln. Warum stoppt
nicht die Angst vor der Strafe?
Verkehrt und verdreht in der Kreisbewegung.
Der Ausweg ist ein Geschenk.

Du mein HERR, nur Du.
Eigentlich nur ich, der Lüge überführt.
Bereut, zutiefst bereut. Missbilligung, Bankrott, Buße …
Dadurch, so steht es geschrieben, beginnt ein neues Zeitalter.

Das Streben in der Furcht ist das Sterben der Angst. Die Bibel spricht von der Nachfolge.

Mein Freund Clemens schickte mir die E-Mail. „Ein paar Gedanken zum Lesen und Nachdenken", bemerkte er dazu. Ich tat wie erwünscht. Ich las und dachte. Ich dachte und las. Mit einer Bibelstelle aus dem Alten Testament und zwar von dem Propheten Joel aus dem Kapitel 2, Vers 13 wünschte er mir den Segen des Herrn Jesus Christus.

„Zerreißt eure Herzen und nicht eure Kleider, und kehrt um zu dem Herrn, eurem Gott; denn er ist gnädig und barmherzig, langmütig und von großer Gnade und er seufzt über das Übel."

Ich griff nach meinem Handy, konnte ihn sofort erreichen und wir führten ein mehrstündiges Gespräch.

Moped

Während des Telefongespräches mit Clemens störte immer wieder die Geräuschkulisse eines Zweitaktmotors unsere Unterhaltung. Solche Störenfriede mit den Mopeds waren auch er und ich. Vor einigen Jahren, damals, als ich noch mit ihm die Schulbank drückte. Wir im Alter von 16 Jahren, keinesfalls bereit, erwachsen zu werden, jedoch den Kinderflaum wegrasiert, bekamen von unseren Eltern als Motivationsschub gegen unsere Lernfaulheit, unsere Lehrer beklagten sich bei ihnen, folgende Zusage: Sollte in unseren Jahreszeugnissen kein „Befriedigend" zu lesen sein, würden wir als Belohnung dafür ein nagelneues Moped erhalten. Binnen kürzester Zeit wurden viele Prospekte von den verschiedensten Modellen von uns intensiv studiert. Wir erstellten sogar eine Liste, wer das erste, zweite und dritte Mädchen sein würde, welches auf unseren Mopeds zu einem Ausflug eingeladen werden würde. Ich war überzeugt, für Clemens sei es ein Leichteres, ohne eine Drei das Schuljahr abzuschließen. Irgendwann bekam das Lehrpersonal den Grund unseres nicht zu übersehenden Lernfleißes mit. Die Reaktionen der Pädagogen waren unterschiedlich. Fast bei jeder Gelegenheit ätzte unser Klassenvorstand, der uns, wie bereits erwähnt, in Deutsch, Biologie und Bildnerischer Erziehung unterrichtete, über Mopeds, wobei er diese einfach als Umweltschädlinge abstempelte.

Der Notenschluss des zweiten Semesters rückte näher. Clemens hatte die Katze schon im Sack. Ich dagegen hatte noch eine gewaltige Nuss zu knacken. Eine mündliche Prüfung in Biologie, die zwischen einem Gut und einem Befriedigend für die Jahresbewertung entscheiden musste. Sehr lange dachte ich, schon auf Grund meiner intensiven Vorbereitung zu dieser Prüfung, im Frage- und Antwortspiel ohne Schwierigkeiten bestehen zu können. Unserem Biohäuptling waren aber meine Antworten von Anfang an zu seinen Fragen für ein Gut nicht gut genug. Nur er alleine lachte über sein Wortspiel. Es passierte nach einer weiteren von ihm gestellten Frage und meiner Antwort, dass er sich hervorragend amüsierend die Bemerkung erlaubte, er müsste sogar seine Hühneraugen zudrücken, um mir ein Befriedigend schenken zu können. In aller Höflichkeit und mit einem breiten Lächeln sagte ich ihm, dass ich von ihm kein Geschenk erwarten oder annehmen würde. Zu diesem Zeitpunkt, denke ich, hätte mich Clemens mit der gesamten Klassengemeinschaft am liebsten in die nächste Klapsmühle eingeliefert. Ich sah nur Gesichter, die mir kein Verständnis signalisierten.

Ich aber erreichte, was ich geplant hatte. Er fühlte sich nun von mir sehr provoziert. Wie immer bei solchen Anlässen schob er seine Brille an seiner Nase hoch, bevor er richtig loslegte. Unmissverständlich gab er mir mit allem Nachdruck zu verstehen, dass, wenn ich ihm die nächsten drei Fragen nicht zu seiner vollkommenen Zufriedenheit beantworten könnte, er mir ein Genügend verpassen würde. Ich antwortete zu keiner seiner Fragen, sondern kehrte wortlos auf meinen Platz zurück. Ein Raunen meiner Schulkollegen zog durch das Klassenzimmer.

„Genügend", rief er mir nach. „Genügend, Herr Kollege." Wie er oft zu sagen pflegte.

Auch Clemens konnte, bevor ich es ihm erklärte, mit meinem Verhalten nichts anfangen.

„Clemens, unsere Eltern forderten ein Befriedigend-freies Zeugnis von uns. Von einem Genügend-freien war nie die Rede", klärte ich ihn auf.

Meine Eltern, die besten auf dieser Welt, schmunzelten bei der „Genügend-Erzählung."

„Das Schlaue hat er von dir", sagte mein Vater und drückte meine Mutter an sich.

Wir durften unsere Mopeds zu Ferienbeginn abholen. Unsere erste gemeinsame Ausfahrt führte uns zum Haus unseres Professors. Wir fuhren an seinem Anwesen im Minutentakt vorbei. Mit Lärm und Gestank hofften wir, ihn aus seinen vier Wänden locken zu können. Er ließ nicht lange auf sich warten. Er stoppte uns, bat uns, den Motor abzustellen und ich ergriff sofort die

Gelegenheit, mich für das Genügend zu bedanken. Er überlegte kurz und zu unserer Überraschung konnten wir in seinem Gesichtsausdruck ein Lächeln erkennen. Er forderte uns auf, ein wenig auf ihn zu warten. Mit großen Schritten verschwand er in seinem Biohäuschen und erschien wieder mit zwei Geldscheinen in der Hand.

„Benzingeld", meinte er und überreichte jedem von uns das gleiche Papier. Wir waren sehr erstaunt, da wir mit fast allem, aber mit so einem Verhalten von ihm nicht gerechnet hatten. Als guterzogene Jungs bedankten wir uns und kickten wieder unsere Motoren an.

„Benjamin", rief er. *Bitte, Herr Kollege,* dachte ich und drehte mich zu ihm um.

„Gut, gut." Er musste fast schreien, da Clemens gerade im Begriff war, mit hoher Motordrehzahl abzufahren.

„Danke", rief ich und gab ebenfalls Gas.

Regenwürmchen 2

(Bahnhof Innsbruck)

Ich freute mich, Mattheo dort anzutreffen. Ich lud ihn zu einem Kaffee in einem der Gastronomiebetriebe direkt im Bahnhofsbereich ein. Nachdem dieser uns serviert wurde, zahlte ich sofort, damit er mir nicht wieder zuvorkommen konnte. Wir führten ein gutes Gespräch. Er erzählte mir von seiner persönlichen Beziehung zu Jesus Christus. In einigen Punkten glichen seine Worte jenen meines Freundes Clemens, der mir genauso oft und völlig unaufdringlich von seinem Gott erzählte. Hätte ich nicht bezüglich seiner Regenwürmchenmalerei nachgefragt, hätte er, so war meine Überzeugung, mir sein zweites Werk in dieser Serie nicht von sich aus überlassen. Er schickte mir dazu das Foto zum Bild von seinem Handy auf meines.

Das Bild

Wieder sehr farbenfroh in der Maltechnik Aquarell stellte er die Szene zu der Frage, die der Fisch dem Regenwurm stellte, dar.

„Wie kann man nur so wasserscheu sein?"

Das Würmchen schien aus dem Erlebnis mit dem Vogel gelernt zu haben und teilte dem Fisch in seiner Körpersprache unerschrocken und selbstbewusst mit, dass man als solcher nicht nur am Speiseplan eines Vogels, sondern auch auf dem eines Fisches stehen kann. Der Fisch, mit seinem Körper halb aus dem Wasser ragend, spricht zu dem Wurm, der am trockenen Ufer das Wassertreiben beobachtete. *Komisch*, dachte ich mir und fragte mich, warum meine erste Aufmerksamkeit auf den Augenausdruck der beiden fiel. Das eine zwinkernde Auge des Fisches verdeutlichte mir, dass dieser beabsichtigte, das Vertrauen des Würmchens zu gewinnen. Aber weiß nicht jeder Fisch, dass Regenwürmer alles andere als wasserscheu sind? In der Bildbeobachtung fand ich es treffend dargestellt, dass der Löwenzahn im Hintergrund und die vielen Gänseblümchen sowie einige Glockenblumen im Bild ebenso Gesichter besaßen und diese nachdenklich und freudestrahlend schauten. Es gefiel mir wieder, wie Mattheo die Szene dargestellt hatte.

„Weitermachen, unbedingt weitermachen, Mattheo", forderte ich ihn per SMS auf.

Kind – Pfütze

Friedvoll war dieser frühe Abend. Eine angenehme Novembernacht lag auf der Lauer. Der viele Schnee, der am Vorabend gefallen war, war mehr Wasser als Pfütze in den vielen Unebenheiten der Straße, schmutzig braun.

Als Kind konnte ich einfach nie stillstehen. Irgendetwas war immer da, was meine Aufmerksamkeit erregte, und so wurde ich immer unweigerlich in Bewegung gehalten. Genauso einen Jungen beobachtete ich an der Haltestelle auf die Straßenbahn wartend. Der Vierjährige hatte an einer Pfütze vor seinem rechten Bein Gefallen gefunden. Mit einem kleinen Schritt nach vorne erzeugte er eine Wasserbewegung, die ihm sichtlich gefiel. Durch die kleinen Wellen angereizt, stampfte er noch einmal in die Wasseransammlung und war sichtlich begeistert von den größeren Wellen. Dann, denke ich, wollte er es wissen. Fester als bei den beiden ersten Entdeckungen klatschte sein Bein in das schmutzige Nass. Die Wellen verwandelten sich zu Spritzwasser. Leider konnte er seinen Erfolg nicht auskosten. Ein Brüllen durchbrach die Stille an der Haltestelle.

„Sag mal, du Dreckskerl, wer hat dich deines Verstandes beraubt?", vernahm ich. Eine böse, alte, männliche Stimme zerstörte diesem Jungen gerade seine Wasserwellenerfahrung.

„Hör sofort mit dieser Dummheit auf, mich mit dieser Wasserbrühe zu beschmutzen." Der Greis wollte sich nicht beruhigen. „Dir gehört der Hintern versohlt, du Bastard", rief er.

Ich blickte nach rechts, woher die Stimme kam, und versuchte zu brüllen: „Ihr Verhalten ist schlimmer als das Tun von diesem Kind. Der Kleine hatte nur Gefallen am Spritzwasser und wollte Sie bestimmt nicht beschmutzen. Sie dagegen reagieren aggressiv, als würden Sie gerade in der Bedrohung eines Überfalls stehen." Ich wunderte mich, wie gut ich brüllen konnte.

Der Kleine war furchtbar erschrocken und fasste blitzschnell die Hand seiner Mutter. Nach einer Weile, wahrscheinlich hatte der alte Hitzkopf mit keiner „Gegenwehr" gerechnet, hörte ich: „Und Sie, Sie können mir gerne sagen, was Ihnen nicht passt."

Die Aggressivität war fast aus seiner Stimme verflogen. Mir war klar, um ihn vollkommen verstummen zu lassen, musste ich noch an Lautstärke zulegen. Tief holte ich Luft.

„Was mir nicht passt, konnten Sie schon hören", brüllte ich und war froh, dass mir nicht die Stimme versagte. Danach kehrte an der Haltestelle wieder Stille ein. Der Kleine hatte die Hand seiner Mutter wieder losgelassen. Jemand applaudierte. Das kleine Kerlchen drehte sich zu mir um. Sein Lächeln bezeugte mir, dass er in mir seinen Beschützer sah, was ihn wieder keck werden ließ. Bestimmt hob er sein rechtes Bein und teilte mir dadurch mit, er wäre wieder bereit, in die Pfütze zu stampfen. Er wartete auf meine Zustimmung. Ich verneinte kopfschüttelnd und er gehorchte.

„Miriam, die Straßenbahn kommt", sagte seine Mutter. Ich war verblüfft. Der quirlige kleine Junge war ein Mädchen.

Okay, Miriam, so wünsche ich mir einmal meine Tochter, dachte ich und lächelte ihr nach. In der Straßenbahn wollte der alte Mann mich mit seinen Blicken vergiften. Mein Schild, nämlich das des Lächelns, konnte aber alles erfolgreich abwehren. Wie weit die Rücksendung von Freundlichkeit wirksam war, konnte ich nicht feststellen, da er sich nach einiger Zeit von mir abwandte.

Vollkommen versöhnend wäre es sicherlich gewesen, hätte die Straßenbahn ein abruptes Bremsmanöver machen müssen, dieser von mir gemaßregelte Mann dadurch sein Gleichgewicht verloren und nur durch mein Zugreifen von einem Sturz oder gar von einer Verletzung bewahrt worden wäre. Mit diesen Gedanken von mir bremste sich die Straßenbahn gemächlich in meine Haltestelle ein. Einige Personen, er wie ich, stiegen aus. Ich vergrößerte den

Abstand hinter ihm gehend, als ich feststellen musste, dass seine auch meine Richtung war. Als er die schwere alte Holztür des alten Hauses, nach welcher ich schon hunderte Male gegriffen hatte, öffnete, war mir klar, dieser Herr war der neue Nachbar im Parterre, genaugenommen ein ganzes Stockwerk unter mir. Erst als er nach meiner Vermutung seine Wohnung schon betreten hatte, folgte ich ihm. Während ich langsam an seiner Tür vorbeiging, hörte ich das kaum wahrzunehmende Knarren eines alten Holzbodens, welcher hörbar unter einer Gewichtsverlagerung stöhnte. Dadurch wurde mir klar, dass mein neuer Nachbar die Verfolgung von mir wahrgenommen hatte und er mich nun über seinen Türspion im Vorbeigehen beobachtete. Leider kam mir zu spät der Gedanke, ihm durch den Spion ein versöhnendes Lächeln schicken zu können.

Valentina

Ich suchte Worte, deshalb bestieg ich den höchsten Berg. Ich suchte Worte, deshalb eroberte ich das tiefste Meer.

Ich wollte schreiben und sprach auf einer Bühne. Ich wollte reden und schrieb ein Buch.

Ich staunte, freiwillig fingen alle Buchstaben Feuer. Ich staunte, glücklich brachen die Bretter entzwei.

Wortlos darf ich dich in meine Arme nehmen …

Valentina – Wolkenschritte

Zur Geschäftsstelle hinzufügen.

Zu welcher Geschäftsstelle? Der Ungeschäftsstelle! Der einzig wahren existierenden Umgebung? Der Ort? Nicht navigiert, der Zeit ein Schnippchen geschlagen. Das Gefühl? Im Orbit zu sein, ohne zentrifugiert zu werden. Ein Abenteuer? Nein! Ein Erlebnis? Nein! Ein Abenlebnis oder ein Erteuer? Ja! Ja, und viele Male Ja! Zuerst den verständlichen kosmischen Beitrag.

An einem Kühlwarmkühltag, dies ist ein Tag, an welchem eine fehlende Jacke am Morgen Frostbeulen entstehen lassen könnte, der Mittag aber, mit der Jacke, würde jedes Deodorant in seiner Belastbarkeit enorm strapazieren. Am späten Nachmittag jedoch entscheidet jeder Mann oder jede Frau nach dem eigenen Empfinden der Temperaturen.

Valentina bat darum, nachdem ich einen Spaziergang kurz andachte, sich mit mir ein bisschen die Füße zu vertreten. Der Parkplatz für das Auto war schnell gefunden. Ich schulterte meine Jacke für den Fall der Fälle über meine linke Seite. An dieser bewegte sich ebenfalls Valentina. Sie trug bereits ihre Kühlwarmkühl-Kleidung. Bei diesem Spazieren waren Worte nicht unsere Sprache. Jedoch besprühten wir einander ohne Unterlass. Rhythmisch wankten wir, unregelmäßig, aber im Wunsch, uns mit jedem Schritt berühren zu wollen, taten wir es auch. Nach fast jeder Körperkollision verschmolzen unsere Blicke für wenige Sekunden. „Nur du", ließen wir uns verstehen. „Nur du", antworteten wir uns wortlos. Es passierte auf Wolke neun und in Richtung Wolkenziel zwölf unterwegs. Es lagen noch vier Stufen vor uns. Ich erkannte, dass Valentina den Ärmel meiner Jacke festhielt. Ihre Schritte hatten mich begleitet, unsere Körperkollisionen hatten mich verzaubert, aber dass sie einen Ärmel meiner Jacke festhielt, schenkte mir eine wohltuende Gänsehaut.

Als sie bemerkte, dass ich es bemerkt hatte, sagte sie: „Frag mich jetzt einfach nichts, bitte." Nach weiteren drei oder vier Schritten stoppte ich meine Bewegung.

In meiner eingenommenen körperlichen Beschützerstellung und mit meiner Hand zeigte ich ihr ein Stopp an. *Hier kannst du nicht weitergehen*, ließ ich Valentina verstehen. Ihr Blick fragte mich:

„Warum?"

Ich deutete auf die zwei Pfützen am Gehsteig vor uns. Wortlos gab sie mir ihr Okay, verstanden zu haben. Schmunzelnd hob ich sie hoch, so wie jeder Bräutigam seine Braut in seine Arme nimmt, um sie über die berühmte Schwelle zu tragen.

„Ich will dich vor Haien, Krokodilen oder Piranhas, die in diesen Gewässern zu befürchten sind, beschützen." Mit diesen Worten erklärte ich ihr mein Verhalten.

„Du, mein Held", flüsterte sie mir ins Ohr.

Ich war mir sicher und etwas wie Unvermögen erlaubte ich mir nicht. Ich war mir zeitgleich unsicher, aber von einem war ich überzeugt: ein Vermögen in meinen Armen halten zu dürfen.

Wolkenschritte,
und deine Hände haften auf meiner Schulter.
Wolkenschritte,
und wir sind aneinander verklebt.
In der Wolkenbewegung zum Stillstand gekommen,
um glücklich erschöpft auf unserem Regenbogen zu ruhen.

Valentina, du beleuchtest ...

Aufgrund des Datums der Geburt von Valentina könnte der Dichter schreiben, sie sei eine Spätfrühlingsfrau oder der Schreiberling dichten, sie sei ein Neusommermädchen.

Unbedacht erzählte ich ihr einige Tage vor ihrem „Landetag" auf diesem Planeten, dass ich immer wieder gerne Gedanken oder Erlebnisse zu Papier bringe.

„Wirst du einmal für mich deine Gedanken über mich auf etwas Papier festhalten?", fragte sie poetisch. „Vielleicht dann deine Worte mir als Geschenk geben? Ich würde mich sehr freuen."

„Ich bin mir sicher, es wird einmal ein ganzes Buch sein", antwortete ich selbstbewusst. Es war mir klar, ihren Wunsch verstanden zu haben.

Viele Versuche, die richtigen Worte zu finden, landeten zerknüllt im Papierkorb. Hin und wieder zweifelte ich, ob ich so Schlechtes vom Guten richtig getrennt hatte. Viele Male war ich durch diese mir gestellte Aufgabe in großer Dankbarkeit. Dankbar darüber, nicht von meiner Schreiberei leben zu müssen. Auf einem Drei-Stern-Papier in den schönen Buchstaben der Hieroglyphen und in der Farbe Apricot erfolgte die Niederschrift. Das Werk wurde noch in Türkis gerahmt und bekam von mir die verbindliche Zusage, es auch Valentina schenken zu wollen.

Du beleuchtest die Sonne und bewässerst die Wolken.
Du bemalst den Regenbogen und der Wind dreht sich nach dir.
Du schenkst mir Ankunft ...

Benjamin an Clemens

Die Völlerei bescherte mir den Hungertod. Meine Lebensmittel wurden gestohlen.

Das Trinken bescherte mir das Verdursten. Mein Weinkeller wurde geplündert.

Das Kotzen über mich genügte nicht.

Immer und immer wieder, da das Heute wieder erfolgreich vertagt wurde.

Es kann entweder.

Die Welt wollte mir meine Seele rauben.

Meine Freiheit wurde nicht gefangen.

Die Welt wollte mir meinen Frieden nehmen. Meine Leidenschaft wurde immer größer.

Verleugnend in den Anspruch der Ewigkeit.

Eine Völlerei der Nichtigkeiten war für die Gegenwart bestimmt. Das Trotzdem und Verkehrte im Augenblick erhascht.

Leid in der entstandenen Leere, kein Puls für die Zukunft. Alle Zeitverschiebungen nützend, alle Kontinente erkannt.

Jede Lust in einer Wüste gelebt, die Finsternis als Licht umarmt. Was ist das Oder?

Gefangen in den Fesseln von Jesus Christus – und dadurch befreit auf ewig.

Versorgt mit der Quelle lebendigen Wassers und das himmlische Brot sättigt

In göttlicher Gnade und Frieden.

Eine Jahreskarte?

Bezahlt wird vielleicht mit ein paar gearbeiteten Monaten. Eine Lebenskarte?

Bezahlt wird vielleicht mit ein paar schönen Jahren. Eine Ewigkeitskarte?

Unser Herr Jesus Christus hat für unsere Ewigkeit bezahlt.

Bitte um Anhörung. Das Wort von der Wahrheit überführt die Lüge. Bitte um Verständnis. Das Hören von der Wahrheit erweitert das Bewusstsein.

Bitte um Verteidigung. Oft überzeugt nicht die Wahrheit. Bitte um Beistand.

Unser Verteidiger und unser Fürsprecher ist mit dem heiligen Wort der Wahrheit wirksam.

„... trachtet vielmehr zuerst nach dem Reich Gottes und seiner Gerechtigkeit, so wird euch dies alles hinzugefügt werden." Matthäusevangelium Kapitel 6, Vers 33

Diesmal schickte ich Clemens meine Gedanken. Ich bat ihn ebenfalls, sich darüber Gedanken zu machen und mich bei Gelegenheit zurückzurufen. Die Folge war wieder ein mehrstündiges Gespräch.

Regenwurm 3

(Bahnhof Wien-Meidling)

Trotz den vielen Tausenden, welchen die Bundesbahnen Arbeit geben, ist es schön, hin und wieder Kollegen zu treffen, die man bereits persönlich kennt.

Mattheo hätte mich vermutlich übersehen und ich ihn wahrscheinlich auch, würden nicht seine Schritte und seine Bewegungen einzig und alleine ihn kennzeichnen. Seine O-Beine watschelten wie im Schritt einer Ente vor mir. Mit einem lauten Pfiff stoppte ich ihn. Er drehte sich um und erkannte mich sofort. Mit glänzenden Augen erzählte er mir von der Geburt seiner Tochter. Ich erzählte ihm mit glänzendem Herzen von Valentina. Er klopfte mir auf die Schulter, wünschte mir alles Gute und hoffte für mich, dass meine Valentina derartig herzlieb wie seine Valentina sei.

Nebenbei fragte er mich, ob ich bereit sei, noch ein Regenwürmchenbild von ihm zu begutachten. Ich überzeugte ihn mit den ehrlichen Worten, dass es mir eine Freude sei, eine Fortsetzung seines Talentes beäugen zu dürfen.

Das Bild

Mattheo zeigte wieder eine farbenfrohe Kunst in Aquarell gepinselt.

Ein bunter wunderschöner Schmetterling bewegte sich flügelschwingend über dem Kriechtierchen. In der dargestellten Flügelbewegung des kleinen Schönlings war sein Schatten in Form eines gemalten Herzchens zu sehen. Der Körper des Regenwurms befand sich genau in diesem Herzen. Dieser Schatten schenkte dem Würmchen Geborgenheit und Wohlbefinden, wie es in der Augensprache des Kleinen deutlich zu erkennen war. Die Umgebung wurde als fröhliche Wiese dargestellt und alle Blumen im Bild lächelten.

„Regenwürmchen. Du stehst unter dem Schutz meiner Flügel", sprach der Schmetterling.

„Ich habe es nicht für möglich gehalten, Mattheo, aber erlaubst du den Vergleich zu deinen anderen Werken, so ist dieses nun mein absoluter Favorit."

„Danke, Benjamin. Es freut mich, aber sag mir auch, was dir nicht gefällt. Ich bin durchaus kritikfähig", meinte Mattheo.

„Du bist kritikfähig? Ich bin es nicht, aber ich habe nichts zu kritisieren", antwortete ich.

Wir verplauderten noch unsere 25-minütige Pause. Mit den Worten „Ich freue mich schon jetzt auf unser nächstes Bahnhoftreffen" gingen wir händeschüttelnd auseinander.

Valentina – der Kuss

Die Zeit wurde Zeuge ihrer Zeitlosigkeit. Sogar die Uhren freuten sich über den Stillstand. Meine Lippen näherten sich ihrem einzigartigen Rot. Im Erlebnis, ein erwachter Traum. Ihr warmer Atem war der Vorbote. Mit einer einzigartigen Zielgenauigkeit traf mein Mund auf ihr Lächeln. Langsam, kaum bemerkbar begannen sich ihre Lippen zu bewegen. Alles im Fühlen lud sie mich zur Zärtlichkeit ein. So, als würde sie fangen spielen wollen, entfloh ihr rotes Schöne mir einige Male, um danach wieder umso inniger auf meinen Mund zu treffen.

Der Magnet unserer Gefühle, der Klebstoff unserer Zuneigung, die atemberaubende Hitze des Notenschlüssels der Liebe, wie ich einmal den Mund von Valentina bezeichnete, eiferte nach Bestimmung. Wieder nach einer neuerlichen kurzen Trennung und einer neuerlichen Aufnahme ihres süßen Atems war das Geschenk Verschmelzung unser Eigentum. Zu diesem Zeitpunkt begann das Meer zu kochen und alle Leuchttürme an den Stränden erhellten sich durch unsere Hitze. Die Posaunen des Glücks spielten ihre schönste Melodie und ich erlebte ein Feuerwerk der Zärtlichkeit. Eine Unendlichkeit als Geschenk baten wir uns gegenseitig an.

„Ich liebträume dich", hauchte sie mir nach einigen Jahrhunderten ins Ohr und ich drückte sie für weitere Jahrhunderte fester an mich.

Wir standen vor der Auslage einer Galerie und begutachteten die Bilder talentierter unbekannter Künstler.

„Hast du ein Lieblingsbild?", fragte Valentina.

„Ja, natürlich."

„Und welches?"

„Jedes deiner Bilder ist mein Lieblingsbild."

„Davon abgesehen?", fragte sie weiter.

„Der Kuss von Gustav Klimt, und deines?", antwortete und fragte ich.

„Ja, es ist auch mein Liebstes", bezeugte mir meine Valentina.

„Ist um einen Schnäppchenpreis ganz sicherlich zu kaufen."

Wir lachten.

Das Bild der Kuss von Gustav Klingt schätzen Kunstexperten im Wert über 135 Millionen Euro ein.

SMS

Ich konnte an Valentina denken, ich konnte von ihr sogar träumen und ich wollte sie mir beschreiben.

Ich legte ein Blatt Papier vor mir auf den Schreibtisch und bewaffnete mich mit einem Bleistift.

Das Ergebnis schickte ich ihr per SMS.

Dein Lächeln – im Glanz des Geschenkes, als Spiegel des Rubins, unerschöpfbar schön.

Ihre Antwort-SMS empfing ich in der gleichen Minute.

25 Buchstaben ergaben das Wort „Bussi".

Regenwürmchen 4

(Salzburg Hauptbahnhof)

Ich sah in der Lokomotive am Salzburger Hauptbahnhof, dort, wo ich in ein paar Minuten meinen Dienst antreten sollte und schon in Abfahrtsbereitschaft gebracht wurde, dass einer meiner Zugführerkollegen etwas von seinem Besitz liegen hatte lassen. Diese große Mappe, deutsche Industrienorm 3, vor mir erinnerte mich an meine Vergangenheit in der Schule, an das Fach Bildnerische Erziehung und an den Professor, den ich vor kurzer Zeit am Grazer Bahnhof wieder getroffen hatte. In einer solchen Mappe sammelten sich meine Werke. Ich zeichnete, malte und kritzelte mit allen Möglichkeiten, welche meine rechte Hand zwischen die Finger bekam, um das Weiß am Zeichenpapier zu entmachten. Zum einen endete mein künstlerisches Schaffen mit meiner Schulzeit und zum anderen hatte mir Valentina von ihrem Farbenhobby bereits vieles erzählt.

Ich war mir sicher, dass der rechtmäßige Besitzer dieser Mappe diese bereits vermissen, zurückkommen, ans Lokfenster klopfen und um die Herausgabe seiner Habe bitten würde. Die Neugierde bezüglich des Inhalts der Mappe keimte ein wenig in mir.

Zum einen kam der rechtmäßige Besitzer nicht zurück und zum anderen stoppte mich ein Triebwerksschaden auf der Fahrt nach Graz. Das Warten auf technische Hilfe war der Grund, dass meine Neugierde triumphieren konnte und ich die Mappe aufschlug. Es genügte ein Blick auf das erste Bild, um den Schöpfer dieser Werke zu erkennen.

Bild 4

„Ich bin ebenso nützlich wie viele andere", war auf dem Bild zu lesen. Dies sagte das Regenwürmchen.

„Das ist vollkommen richtig", bestätigte der freundliche Gärtner dem Würmchen.

Liebe und Güte erkannte ich am Gärtner, welcher in seiner Tätigkeit, die Erde des Gartens umzugraben, zu sehen war. Auf der Schaufel, die in seinen Händen war, sah man, wie der Regenwurm mit einer großen Menge Erde ans Tageslicht befördert worden war. Ein wenig verschmutzt, etwas unsicher durch den Umstand seiner Ausgrabung, aber im Erkennen des gütigen Gärtners sprach der Wurm zuversichtlich diese Worte. Der anmutige alte Mann, bekleidet mit einem rot-weiß-karierten Hemd und einer blauen Jeanslatzhose, einen lustigen Strohhut tragend, konnte das Gesagte als Fachmann der Natur vollkommen bestätigen. Im Bild waren noch der Vogel des ersten, der Fisch des zweiten sowie auch der Schmetterling des dritten Werkes zu erkennen. Es schien als würden sie sich freuen, das Würmchen wiederzusehen, um ihm erzählen zu können, was sie in der Zwischenzeit erlebt hatten.

Die Techniker riefen mich. Ich legte das Bild und die Mappe ab und erst nachdem ich mit einiger Verspätung am Bahnsteig 4 in Graz angekommen war und die Lok versorgt hatte, widmete ich mich neuerlich Mattheos Mappe.

Bild 5

Nach Regenwürmchen 4 hatte Mattheo ein Bild in Form eines Textes gemalt. Die Darstellung jedes einzelnen Buchstabens war ein Meisterwerk für sich.

Ich las.

Im Gespräch mit dem Gärtner bekam unter anderem der Regenwurm die Information, dass Menschen, ein solch guter Mensch schien der Gärtner ja zu sein, auch hoch zum Himmel blicken können.

„Erzähl mir bitte, was du siehst, wenn du nach oben blickst", sagte der Regenwurm.

„Gerne erzähle ich es dir", antwortete der weißhaarige Herr. „Der Himmel über mir wurde von Gott in einem einzigartigen und wunderschönen Blau ausgemalt."

Gott?, fragte sich das Würmchen. *Wer ist Gott?* Es wollte aber nicht unhöflich sein und den netten Erzähler schon nach zwei Sätzen unterbrechen.

„Wolken, die das Aussehen von riesigen weißen Wattebergen haben, sind oft zu sehen. Aber nur für uns sehen diese Wolken wie Watteberge aus. Tatsächlich sind es große Ansammlungen von Wasser. Dafür verantwortlich sind wiederum der Wind und die Sonne. Irgendwann aber wird jeder Wolke die Wasserlast zu schwer und sie lässt den Inhalt aus. Das erleben wir als Regen. Hast du mich verstanden, Würmchen?"

„Ich denke schon, dass ich dich verstanden habe", meinte das Tierchen. „Aber wer ist Gott?"

Wo sich an der Stirn des Erzählers zuerst Runzeln gebildet hatten, weil er sich nicht sicher war, ob das Tierchen ihn auch verstanden hatte, glättete sich die Kopfhaut und der Mund formte ein Lächeln.

„Gott. Ja, Gott ist derjenige, der alles geschaffen hat. Den Himmel und die Erde, die Sonne, den Mond und die Sterne, die

Berge, die Meere, den Menschen, die Tiere und stell dir vor, auch jedes einzelne Gänseblümchen."

Das Würmchen staunte. Immer, wenn es staunte, vergrößerten sich seine Augen. Voller Ehrfurcht fragte es: „So groß ist Gott?"

„So groß und wahrscheinlich noch viel größer", bestätigte der Gärtner und nickte dazu mit seinem Kopf, um seinen Worten noch mehr Ausdruck zu geben.

Erleichtert nahm Mattheo seine Mappe entgegen. Zuvor war der Finderlohn von zwei Cappuccini schnell ausverhandelt.

Valentina

Ich durfte Valentina nach Wien einladen. In der Karlskirche wurde das Orchesterkonzert von Antonio Vivaldis „Vier Jahreszeiten" aufgeführt. Wie ich großteils mitbekommen hatte, war die Musik nicht nur für uns, sondern auch für die anderen Besucher ein wahres Klangerlebnis. Zur Anreise wie für die Heimfahrt wählten wir die Schiene, ließen uns von der Zuggastronomie verwöhnen und hatten unter anderem großen Spaß an meiner Vierbuchstabenaussprache.

„VVVVerabredung mit VVVValentina"

„BBBBlumen von BBBBenjamin"

„wunderbare VVVViolinen"

„Wunderbare BBBBlockflöten"

Zwischendurch fragte mich Valentina, warum in meiner „Sprache" gerade die Vierbuchstaben wichtig sind.

„Für jede Himmelsrichtung" erklärte ich ihr.

„Eine gelungene VVVVeranstaltung"

„Mit einer BBBBombenbesetzung"

„VVVViolett mein Bugatti", meinte ich.

„Dann gleich BBBBugatti Verjon", gab sie zu verstehen.

Zwei Tage später beschenkte mich Valentina. Es war ein Modell des teuersten, weit über eine Million Euro, des stärksten, 1001 PS Motorleistung, und des schnellsten, über 400 km/h Höchstgeschwindigkeit Serienfahrzeuges auf dieser Welt. Als BBBBugatti VVVVerjon hatte sie ihn beschriftet.

Ich besorgte eine CD vom Vivaldi-Konzert, um sie damit zu beschenken. Ein Briefchen legte ich bei.

Zu lesen waren meine Gedanken zu den vier Jahreszeiten.

Bald schmecken die Schneeflocken im Winter süß.
Lieblich meldet sich damit der Frühling an.

Nun leben die Blüten im Wiesengrün den Frühling.
Zuversichtlich und ergeben in der Sonne des baldigen Sommers.

Daraufhin darf fürs Leben dankbar geerntet werden. Dabei erlebt
das Sommerende staunend den Beginn der Farbenpracht
des Herbstes.

Daher werden die Eisblumen in den Fenstern das wärmende Feuer
der Öfen entzünden.
Bald schmecken die Schneeflocken im Winter süß ...

Stadtpark

Eine tiefe, wohlklingende Männerstimme fing unsere Ohren ein. Diese Stimme, ihre Worte noch nicht vollkommen verstehend, erregte unser beider Neugierde. Dorthin, wo wir vermuteten, woher diese Töne stammten, in diese Richtung gingen wir weiter. Einen weißhaarigen Mann konnten wir wenig später als Wortverkünder erkennen. Ich schätzte diesen wortgewaltigen Menschen zwischen dem 60. und 70. Lebensjahr stehend ein. Seine Botschaft posaunte er in eine kleine Menge Zuhörer. In unserer weiteren Annäherung wollten wir, Valentina und ich, uns besonders leise bewegen, um keine Störenfriede zu sein. Als wir seine Worte deutlich zu verstehen vermochten, blieben wir stehen. Sie und ich befanden uns im Stadtpark.

„Das Wort heute schlug mir vor einiger Zeit ins Gesicht. Das Wort heute zog mir den Boden unter meinen Beinen weg. Heute lebte ich viel mehr als weniger unzufrieden vor mich hin. Das Morgen klammerte ich sehr gekonnt an mich. Mit dieser Morgenumarmung gelang es mir oft, mir das Heute erträglicher zu machen. Dadurch musste ich mich keiner eigenen Gewissensdiskussion stellen. Meinen Lebenswert beschenkte ich zumindest kurzfristig höchst erfolgreich mit allerlei Vergnügungen. Stellte ich aber doch hin und wieder Gleichgewichtsprobleme fest, beschäftigte ich mich zur Ablenkung mit den Problemen und Missständen der anderen. Alles wäre weiterhin bestens gelaufen, hätte mich nicht das Bibelwort eingeholt. Es steht geschrieben. Heute, wenn ihr das Wort hört, verstockt nicht eure Herzen. Diese Worte möchte ich euch nun auf euren Wegen mitgeben. So unterschiedlich auch euer Weg sein möge, das Wort fordert alle auf. Heute, wenn ihr das Wort hört, verstockt nicht eure Herzen. Unser Herr und Heiland möge euch beschützen und bewahren."

Ich begann, die Zuhörer zu beobachten. Keiner ergriff die Flucht. Gut möglich, dass die Menschen sich zumindest kurzfristig zu erforschen begannen. Bei dem Gedanken, mir würde dies ebenso sehr gut bekommen, erkannte ich Clemens und an seiner Seite vermutete ich seine Mirjam. Ich drückte kurz die Hand von Valentina und erhielt damit ihre Aufmerksamkeit.

„Bitte folge mir", bat ich sie. Nun hatte mich Clemens erkannt. Wir eilten fast aufeinander zu. Einander erreicht und im Stillstand begann Clemens: „Meine liebe Mirjam, ich freue mich besonders, dir meinen Freund Benjamin und seine bessere Hälfte mit dem Namen Valentina, die ich heute das erste Mal sehe, vorstellen zu dürfen."

„Meine liebe Valentina, ich freue mich besonders, dir meinen Freund Clemens und seine bessere Hälfte mit dem Namen Mirjam, die ich heute das erste Mal sehe, vorstellen zu dürfen."

„Hallo, Benjamin und hallo, meine seit vielen Jahren verschollene Freundin Valentina."

„Hallo, Clemens und hallo, meine seit vielen Jahren verschollene Freundin Mirjam."

Die beiden fielen sich in die Arme. Viele Freudentränen ergaben sich der Schwerkraft. Ich lud in den Eissalon. Valentina und Mirjam bestellten den großen Freundschaftsbecher. Clemens und ich taten es ihnen einstimmig nicht nach.

Einladung von Clemens (4 Köche)

Wir hatten uns in der großen Küche in der Wohnung von Clemens aufgeteilt. Eine Buchstabensuppe zur Vorspeise, faschierte Laibchen mit Kartoffelpüree als Hauptspeise sowie Vanillepudding mit Schokoherz zum Nachtisch sollten acht Hände, gesteuert von vier Köpfen, zubereiten.

Im Erzählen konnte Clemens mit seinem Talent jeden begeistern. In den einfachsten Geschichten gelang es ihm, eine Unterhaltung anzubieten, die sehr schnell allen Zuhörern gefiel.

„Meine lieben Freunde", begann er. „Ich möchte euch heute meine Lieblingsapfelgeschichte zum Besten geben, wollt ihr sie hören?"

Er wartete nicht auf unsere Zustimmung, sondern begann sofort mit seiner Geschichte. „Also, seit frühester Jugend bin ich stolzer Besitzer der Freundschaft von diesem jungen gutaussehenden Mann." Er zeigte auf mich. Valentina und Mirjam klatschten in die Hände.

Sein Auftritt, dachte ich und schmunzelte.

„Ich hatte aber eine Großmutter, die mich über alles liebte. Mit zunehmendem Alter wurde sie anderen Leuten gegenüber etwas eigen. Manche Menschen meinten, sie wäre böse. Oma misstraute einfach allem und jedem. Zum Beispiel verdächtigte sie den Briefträger, dass dieser immer ihre Post las, bevor er sie ihr zustellte. Der Nachbar zur linken Hausseite habe irgendwie ihre Stromleitung angezapft und die Frau an der Kassa des Lebensmittelgeschäftes verrechne immer mehr, als sie tatsächlich eingekauft hatte. Zu diesen und vielen anderen Anschuldigungen gab es aber keinen einzigen Beweis. Als ich meiner Oma den Benjamin vorstellte, begann ihre Sorge um ihren Apfelbestand, da er über die Früchte des kleinen Baumes staunte und dies ihr nichtsahnend mitteilte. Ich musste nämlich feststellen, dass sie nach jedem seiner Besuche die Früchte in ihrem Vorratskeller nachzählte. Von dieser schaurigen Entdeckung erzählte ich meinem Freund. Und wisst ihr, wie er auf dieses Misstrauen von ihr reagierte? Meine Damen, ihr könnt es natürlich nicht wissen.

Bei jedem seiner Besuche hatte Benjamin mindestens zwei Äpfel der gleichen Sorte dabei und legte diese heimlich zu den Äpfeln von Omama. Einige Male, nachdem wir seinen Abschied vorgetäuscht hatten, beobachteten wir sie unbemerkt, wie sie im Keller ihre Äpfel zählte. Da die Anzahl nicht mit ihrem notierten Bestand im Apfelbüchlein von der letzten Aufnahme übereinstimmte, wiederholte sie einige Male den Zählvorgang und konnte nur unverständig den Kopf schütteln, da sie für die wundersame Vermehrung keine Erklärung hatte."

„Kam euch Oma nie auf die Schliche?", fragte Mirjam.

„Nein, es war nur ein paar Mal, dass wir uns auf Kosten meiner Großmutter ein bisschen amüsierten." Das Essen war zubereitet, der Tisch war gedeckt und wir nahmen gemeinsam Platz. Wie damals, als wir Kinder waren, begannen wir, uns mit den Buchstaben der Suppeneinlage Botschaften an den Tellerrändern zu schreiben. Es hatte noch keiner von uns einen Löffel Suppe gegessen, und geschrieben war noch nicht alles, war diese schon erkaltet. So wurde an diesem Abend eine einzigartige schöne Viersamkeit er-, bzw. gelebt.

Zusammen

Diesmal hatten wir uns bei mir zusammengefunden. Wir, das waren wieder Valentina, Mirjam, Clemens und ich.

„Überlegt", sagte ich. „Welch ein toller Job es zur Zeit von Jesus gewesen wäre, Journalist zu sein. Dazu habe ich sogar ein paar Gedanken von mir niedergeschrieben. Darf ich euch damit ein wenig langweilen?" Wir saßen im Wohnzimmer. Valentina und ich auf der roten Couch, Mirjam und Clemens jeweils in den blauen Polstermöbeln. Auf dem gelben Wohnzimmertisch standen einige Schüsseln mit Knabbergebäck, Gläser und ein Krug gefüllt mit Fruchtsaft. Mirjam war zum ersten Mal mein Gast und war von der Farbenvielfalt des Raumes ein wenig überrascht.

„Der Regenbogen war bei Gestaltung dieses Raumes mein Vorbild", erklärte ich ihr. „Und das viele Zimmergrün, genannt Gummibäume, sind ein bisschen mein Hobby."

„Bitte, langweile uns", forderte mich Clemens auf.

„Ich lese schon die ganze Woche im Matthäusevangelium. Heute Morgen war das Kapitel 9 ab dem 18. Vers an der Reihe. Also: Jesus war gerade dabei, das Land Israel zu durchqueren. Er lehrte unter anderem in den Synagogen der Dörfer und Städte. Ein Vorsteher einer solchen Kirche suchte ihn auf und fiel vor ihm nieder. Er berichtete ihm vom größten Schmerz, welcher einen als Vater heimsuchen konnte. Seine kleine Tochter, sein von ihm über alles geliebtes Mädchen, sei eben verstorben. Sein Glaube hatte ihn zu Jesus geführt. Seine ganze Hoffnung setzte er auf Christus. Er vertraute dem Sohn Gottes und seiner Vollmacht, dass er seinen Liebling aus dem Totenreich zurückholen könne. Der Herr vollbrachte es, wie wunderbar! So steht es geschrieben.

Könnt ihr euch das Titelblatt der Tageszeitungen vorstellen? Zum Beispiel: Totes Mädchen lebt! Das wundervolle Wirken von Jesus

Christus hat kein Ende. Ich denke, alle Chefredakteure von den Zeitungen würden mindestens einen ihrer Mitarbeiter in dieses Land, in dem er wirkte, aussenden. Ich wäre ein solcher und würde voller Zuversicht nach Israel reisen. Endlich galt es, bei einer Berichterstattung nicht von grausigen Verbrechen oder von verheerenden Naturkatastrophen oder etwaigen Unfällen, die viele Menschenleben gekostet hatten, zu schreiben. Nein, sondern von einem Mann, der sich in den Dienst der Menschheit stellte, von diesem sollte so ausführlich und genau wie nur möglich protokolliert werden. So würde ich in Israel Jesus suchen, ihn um ein Interview bitten und Zeugen seiner Worte und Werke aufspüren und diese ebenfalls befragen. Dabei lerne ich eine Frau kennen, die blutflüssig war. Zwölf lange Jahre litt sie darunter und kein Arzt konnte ihr helfen. Auch sie hatte in ihm ihre letzte Hoffnung. Ihr war schon oft zu Ohren gekommen, dass dieser Mann aus dem Reich Gottes jede Krankheit und jedes Gebrechen heilen konnte. Einzig durch die Berührung seiner Kleidung wurde sie von ihrer Qual befreit. So steht es geschrieben.

Ich kann mir gut vorstellen, wie zigtausende Menschen beim Lesen der Zeugnisse über Jesus Glück, Zufriedenheit und mehr in sich verspüren. Ich würde um Verlängerung meiner Dienstreise bitten, da zu einzigartig die Werke dieses Mannes seien und die Ereignisse sich fast Schlag auf Schlag ereigneten. Ein weiteres Beispiel?", fragte ich meine Zuhörerinnen und meinen Zuhörer. Aus ihren Reaktionen ableitend, stellte ich beruhigt fest, dass noch keine Tomaten von ihnen gesucht wurden, um diese als Wurfgeschosse gegen mich einzusetzen.

„Also, ich bin gerade dabei, einen weiteren Artikel über Jesus Christus, diesmal ohne Wortbegrenzung, wie mir mein Chefredakteur telefonisch zusagte, abends, am Balkon im Parterre meines Hotels fertigzustellen. Da hörte ich, wie zwei Männer sich singend dem Hotel näherten. Wahrscheinlich haben sie ein wenig über den Durst getrunken, war mein erster Verdacht. Ich verstand ihre Sprache nicht und sprach sie auf Englisch an. Die beiden Männer berichteten mir, dass es der Sohn aus dem Geschlecht David, der Mann aus Nazareth war, der sie von ihrer Blindheit durch das Auflegen seiner Hände an ihnen heilte. Ich gab mich den beiden als Journalist zu erkennen und bat sie, von ihrem Glück und Segen der Leserschaft unserer Zeitung mitteilen zu dürfen. Mit großer Freude, so ihre Worte, waren sie bereit, meine Fragen zu beantworten. Dazwischen sangen sie immer wieder in ihrer Sprache, indem sie Gott loben und preisen. Am Ende meiner Befragung forderte mich der eine, der mit der schöneren Gesangsstimme, auf, mir einen Namen und eine Adresse zu notieren. ‚Statte auch diesem Menschen einen Besuch ab', meinte er. Wir verabschiedeten uns und sie verschwanden singend in die Nacht.

Bei Sonnenaufgang verließ ich das Hotel. Nur wenige Menschen waren schon auf den Straßen in diesem lieblichen Dorf. Eine junge Frau, die Wasserkrüge trug, sprach ich an und fragte, ob mein Weg auch der richtige sei. Dazu las ich den Namen und die Anschrift des Mannes vom Zettel ab, welche ich mir am Vorabend notiert hatte.

‚Sie suchen meinen Bruder. Sie kommen gleich am besten mit mir mit', lächelte sie. Ich ging an ihrer Seite und bat sie, ihr die Wasserkrüge tragen zu dürfen. Sie schlug mir die Bitte ab und meinte gut gelaunt: ‚Nein, danke, aber das ist meine Aufgabe.' Sie versprühte herzliche Fröhlichkeit. Bald schon erkannte ich die darin verborgene Ansteckungsgefahr. Ohne Rücksicht auf Verluste setzte ich mich dieser aus und war mir sicher, dass ihre Mundwinkel noch niemals von der Schwerkraft besiegt wurden.

‚Wissen Sie', begann die Glückselige. ‚Es ist meinem Bruder ein großes Wunder widerfahren. Ein richtig großes Wunder. Viele Jahre war er schwer krank. Nicht am Körper, sondern im Geist, was unter anderem zur Folge hatte, dass er nicht mehr sprach. Was wir, meine Eltern und ich, auch versuchten, wir konnten ihm nicht helfen. Niemand konnte ihm helfen. Oft erschien es sogar, dass alles noch schlimmer zu werden drohte. Vor ein paar Tagen erzählte mir meine Freundin von Jesus aus Nazareth.' Sie blieb stehen und sah mich an. Ihre blauen Augen funkelten.

‚Den Rest wird er Ihnen selbst erzählen. Wir sind nämlich schon da.' Mit einer Kopfbewegung zeigte sie zum Mehrparteienhaus hinter mir. ‚Er hat die Türnummer 12. Ich muss noch ein kleines Stück weiter.'

‚Ich danke Ihnen, vielen, vielen Dank und …'

Sie lächelte und ich stockte und fragte sie noch: ‚Verraten Sie mir bitte Ihren Namen?'

‚Tuki.'

‚Tuki?'

‚Ja, Tuki, es stammt aus dem Hebräischen und bedeutet übersetzt süß.'

Wie wahr, wie wahr, ergänzte ich gedanklich.

Mir öffnete ein junger Mann. *Wahrscheinlich etwas älter als seine süße Schwester,* dachte ich.

‚Guten Tag, was kann ich für Sie tun?', fragte er. Ich stellte mich ihm als Reporter vor. Ich erzählte ihm von meiner gestrigen Bekanntschaft mit den beiden geheilten Männern. Ich bat ihn, mir ein paar Fragen zu beantworten und zu erlauben, seine Geschichte in unserem Blatt veröffentlichen zu dürfen.

‚Ja', sagte er nach kurzer Bedenkzeit. ‚Ich beantworte sehr gerne Ihre Fragen. Die ganze Welt soll von meinem Herrn erfahren. Ich bitte Sie jedoch, mich auf meinem Weg zu begleiten, da ich einen dringenden Termin habe. Wir können uns auch während wir gehen unterhalten, oder?'

Mit dem Wort ‚Sicherlich' stimmte ich seinem Vorschlag zu. Wir wanderten aus dem Dorf. Am Weg plauderte er einfach los.

‚Unser Geist, den wir nicht sehen, aber sehr wohl besitzen, ist tagtäglich Einflüssen ausgesetzt, wobei uns viele wahrscheinlich gar nicht bewusst werden. Einige Beispiele: a) In welcher Umgebung wird man erwachsen? b) Welche Werte geben die Eltern, beziehungsweise die Verwandtschaft mit? Welche Freunde bestimmen dein Denken und dein Handeln? c) Wie oft wird von Enttäuschungen das seelische Gleichgewicht empfindlich gestört? d) Und dann ist bei allem der Ungehorsam dabei. Es begann bei mir bei meinen Eltern und es zog sich wie ein roter Faden durch mein Leben. Zusätzlich betrieb ich gegenüber dem Wort Gottes, seit ich mich erinnern kann, eine richtige Rebellion. Ich betrieb Okkultismus in aller möglichen und unmöglichen Art und Weise. Das war unter anderem der Grund meiner Besessenheit, wie ich meine. Dabei gelangte ich in Folge an einen Punkt, da graute es mir nur mehr vor allem und ich war zusätzlich von ständiger furchtbarer Angst verfolgt. Ich fand aber keinen Weg mehr zurück. Jesus Christus heilte mich. Gott sei Dank, ich meine es buchstäblich, Gott sei Dank!'

Ich ging noch ein paar Schritte schweigend neben ihm. Plötzlich ruft er freudig: ‚Wir sind da!'

Ich staunte über die große Volksmenge vor mir und vor den Ufern des Flusses Jordan.

‚Höre, was dieser Mann zu sagen hat', forderte er mich auf. ‚Es ist Johannes der Täufer. Ich bin auch hierhergekommen, um mich taufen zu lassen.'

Der Mann mit der etwas eigenartigen Kleidung, es war ein Gewand aus Kamelhaaren, wobei er noch einen ledernen Gürtel um seine Lenden spannte, rief mit lauter Stimme: ‚Tut Buße, denn das Reich des Himmels ist nahe herbeigekommen!'

So, als würde Tukis Bruder meine Gedanken lesen können, sagte er: ‚Tut Buße bedeutet: Kehrt von Herzen um zu Gott, ändert eure Gesinnung.' Er klopfte mir zum Abschied auf die Schulter und ich bedankte mich bei ihm. Er verschwand in der großen Menge von Menschen, die alle da waren, um Johannes zu hören und sich von ihm taufen zu lassen.

‚Tut Buße bedeutet ebenso ein Wegschauen vom eigenen großen Ego, wie ein Hinschauen auf den noch viel größeren allmächtigen Gott', hörte ich jemanden aus der Volksmenge reden.

‚Bekenne deine Sünden" vernahm ich von einer anderen Stimme.

‚Was sind Sünden?", brummte diese Stimme.

‚Das sind deine Fehltritte, die großen und die kleinen. Sünde ist ein Wort aus dem Griechischen und bedeutet übersetzt, das Ziel verfehlt', beantwortete die mir schon bekannte Stimme vor mir die ihr gestellte Frage. Die nächste Wortmeldung vernahm ich von einer weiteren männlichen Instrumentalisierung unserer menschlichen Fähigkeit, Empfindungen, Wahrnehmungen oder Wahrheiten in Form von Lauten wiederzugeben. Eine großartige Stimme, die nur wenige Geschichtenerzähler besitzen, betonte: ‚Meine Lieben, Sünde ist Sünde. Vor Gott gibt es keine kleinen oder großen Sünden. So steht es geschrieben.'"

Eine Stille kehrte im Regenbogenwohnzimmer ein. Eine angenehme Ruhe, Frieden oder mehr Zufriedenheit beseelte uns. Fast in derselben Minute blickten wir auf und Clemens erkannte, dass nun er an der Reihe war.

„Ich möchte euch ein Erlebnis, mein Erlebnis, erzählen. In meiner Not, in meiner Angst, betete ich zu Gott und wurde erhört. Das Ganze ereignete sich vergangenen Sommer. Ich starte mit einer kurzen Einleitung. Fliegen zu können oder irgendein Gerät, welches in der Luft von mir beherrscht werden soll, war nie wirklich eine Herausforderung für mich. Etwas Neugierde keimte aber auf, nachdem ich in meiner Schulzeit mein erstes Referat zur Person von Otto Lilienthal halten musste, und ich zu diesem Zweck zwei Bücher über ihn studierte. Im folgenden Sommer verbrachten wir als Familie ein paar schöne Tage im Burgenland und tatsächlich konnte ich einige Male den majestätischen Flug einiger Störche beobachten, von denen der große Flugpionier seine Erkenntnisse ableitete. Manfred von Richthofen, genannt der rote Baron, der sich als Kampfflieger im ersten Weltkrieg einen Namen gemacht hatte, faszinierte mich. Die Folge? Richtig, ein weiteres Referat in der Schule. In den Jumbo-Jets, die mich zu meinen Ferienzielen nach Spanien flogen, kam kein ‚Über den Wolken'-Erlebnis in mir hoch, was mich auch nicht sonderlich störte. Es war aber schon das große Bedürfnis in mir geboren, das Vogelfrei erleben zu wollen. Mit einem Segelflug, so dachte ich mir, hatte ich die richtige Wahl getroffen, um mir diesen Wunsch zu erfüllen. Gedacht, getan, ein Pilot mit seinem Flugapparat wurde gebucht. Ein großer, schlanker Mann, schon etwas grau in den Haaren, wie am Kinn und Schnurrbart, stellte sich mir als Hans vor. Vollkommen entspannt erklärte er mir seine Maschine und beantwortete geduldig jede von mir gestellte Frage. Mit seiner Wortmeldung ‚Du bist die Jugend, du bekommst einen Fallschirm' schulterte er mich mit einem solchen. Mit allen anderen Startvorbereitungen hatte ich nichts zu tun. Wir hingen am Haken der Zugmaschine. Von Hans, der in der Kanzel hinter mir Platz genommen hatte, hörte ich ‚Ready for take off' und der Spaß konnte beginnen. Nach ein paar hundert Metern im Tau der Cesna hoben wir mühelos vom Boden ab. Die Schmetterlinge in meinem Magen hatten zwar gerade auch ihren Flugtag, aber es faszinierte mich, wie wir spürbar Sekunde um Sekunde an Höhe gewannen. Ich fragte Hans, um mich von meiner Flugstaffel im Bauch abzulenken: ‚Wie viele Jahre fliegst du schon?'

‚Heuer im April waren es 50 Jahre', war seine Antwort. Ich dachte erstens, dass er scherzte, zweitens, dass ich trotz der von mir angezweifelten Aussage von der Länge seiner Flugerfahrung auf ein halbes Jahrhundert hin, nun sicherlich keinem jugendlichen Leichtsinn ausgesetzt bin. Den Hans hätte ich auf maximal 50 Lebensjahre geschätzt. Deshalb wiederholte ich die Frage.

‚Nun ohne Spaß, wie lange schon?' Ich dachte, nun würde er mir gestehen, dass er seinen Traum vom Fliegen erst spät in Angriff nehmen konnte. Die Familie hatte natürlich Vorrang. Der Hausbau verschlang auch viel Geld und fliegen ist ein kostspieliges Hobby. Er besäße aber genug Flugerfahrung, sodass ich nicht beunruhigt zu sein bräuchte.

‚50 Jahre', wiederholte sich Hans.

‚Okay', stimmte ich zu, erzählte ihm aber von meinen Gedanken, sowie dass ich ihn auf maximal 50, gefragt nach seinem Alter, geschätzt hätte. Er lächelte hinter mir gut gelaunt und meinte: ‚Danke für die Blumen. Du bist natürlich auf den Kaffee nach der Landung eingeladen.'

In einer Höhe von ungefähr 2.000 Metern trennte sich unsere Zugmaschine von uns. *Das Abenteuer Vogelfrei kann nun richtig beginnen,* freute ich mich. Unter uns konnte ich noch ein wenig den Flughafen mit seiner Landebahn erkennen, viele Häuser, die ich nicht richtig zuordnen konnte, sowie große Flächen von

Wiesen und Wald. Hans meinte, wenn es mir recht sei, suche er noch ein wenig nach Thermik.

‚Thermik?‘

‚Warme Luft, damit wir noch ein wenig an Höhe zunehmen können.‘ Natürlich hatte ich nichts einzuwenden.

‚Wo findet man diese Thermik?‘, fragte ich.

‚Schau rechts unter dir‘, forderte mich Hans auf. ‚Die Schotterwerke. Die Steine nehmen Wärme auf und geben sie wieder ab, und blicke bitte auf die Anzeige.‘

Wir gewannen tatsächlich an Höhe. Obwohl ich noch nicht hundertprozentig entspannt war, vermochte ich doch schon vieles zu genießen. Die deutlich hörbaren Windgeräusche interpretierte ich als Flügelschlag des Fliegers. Diesen Flügelschlag würde ich bei Hans aber nicht erwähnen, nahm ich mir vor. An den Flügeln eines Flugzeuges einen Flügelschlag zu vermuten, wird bestimmt nicht von jedem Co-Piloten angedacht, war ich mir sicher. Immer mehr vernahm ich aber, wie meine Schmetterlinge satt im Honig landeten und die Freiheit konnte ich vogelfrei erleben.

In dem Erlebnis Vogelperspektive ergab ich mich vollkommen der Faszination. Schon lange, aber ohne den genauen Zeitpunkt des Anfangs zu wissen, lächelte ich nur mehr. So ein unbeschreibliches Gefühl, eine Mischung aus Ehrfurcht und Bewunderung, ein Staunen, ohne Worte dazu finden zu müssen, und alles gottgeniale Geschaffene unserem Schöpfergott zuzuschreiben, so war es.

‚Kannst du es genießen?‘, fragte mich mein Kapitän.

‚Ich denke, ich kann‘, antwortete ich. ‚Es ist einfach toll. Einzigartig, würde ich sagen. Ist es bei dir nur mehr Routine?‘

‚Nein, Clemens‘, hörte ich. ‚Es wiederholt sich kein Flug. Zum Beispiel ist der Flügelschlag des Fliegers niemals derselbe. Es sind oft nur ganz feine Unterschiede und wahrscheinlich auch nicht für jeden wahrnehmbar. Aber genau dadurch wird für mich jeder Flug ebenso einzigartig.‘

Er sagte, der Flügelschlag des Fliegers, dachte ich und schmunzelte weiter genussvoll vor mich her.

‚Ich wünsche mir, das, was ich jetzt erlebe, würde nie aufhören‘, hörte ich mich sagen.

‚Deshalb fliege ich schon zeitlose 600 Monate, Clemens.‘

Durch die fehlenden Störche konnten wir keine Kunstflugstaffel bilden. Die Amseln waren auch nicht unsere Flugbegleiter, doch das Abenteuer des Durchfliegens einer Regenwolke erinnerte mich an meine Kindheit, da ich lange davon überzeugt war, dass Zuckerwatte die Babys der Himmelswatte seien.

‚Übrigens, Hans‘, begann ich. ‚Den Kaffee bezahle ich, oder wenn es Champagner sein darf, dazu lade ich ebenfalls gerne ein.‘

Die Gegenwart würde bald Vergangenheit sein, begann ich ein wenig zu trauern. In der Zukunft würde die Vergangenheit wieder als Gegenwart auferstehen können, begann ich mich ein wenig zu freuen. Oder ich würde mir einfach die Lizenz zum Fliegen holen, beschloss ich fürs Erste. Nach diesem Gedanken erschrak ich ein wenig, da mir die Landebahn unter mir schon bereit erschien, uns wieder auf dem Boden aufzunehmen.

‚Clemens, wir haben fürs Landen in Folge des starken Rückenwindes, den ich ein wenig unterschätzte, eine zu hohe Geschwindigkeit. Es kann sein, dass uns dadurch die Landebahn ein wenig zu kurz ist. Wird aber kein wirkliches Problem daraus werden‘, sagte wiederum mein Kapitän ruhig und sachlich.

‚Was?‘ Mich traf es wie ein Blitz.

Zu schnell, hatte er gesagt. *Die Landebahn sei zu kurz*, meldete er. Eine Panikattacke überfiel mich. Nachdem wir über das Ende der Landebahn hinausschießen würden, würde das Flugzeug das Gleichgewicht verlieren. Der linke oder rechte Flügel würde sich dadurch im Erdreich des Maisackers verfangen und das würde im Unfallbericht als Erklärung unserer Überschläge nachzulesen sein. Ich war felsenfest von einem Salto-Schicksal überzeugt. Wir würden uns verletzen, war ich mir sicher. Plötzlich hatte ich große Angst. Eine Angst, die jeder Autofahrer erlebt, wenn er in einer Kurve wahrnimmt, dass er die Herrschaft über sein Fahrzeug verloren hat, und der Unfall unvermeidbar ist. Eine Angst, die ein Soldat im Schützengraben verspürt, wenn der Feind unaufhaltbar näher rückt und es keine Fluchtmöglichkeit gibt.

Wie wahrscheinlich die meisten Menschen es zu tun pflegen, wenn die Situation ausweglos erscheint, begann auch ich zu beten. Ich flehte unseren allmächtigen Gott um Schutz und Bewahrung an. Dann begann es zu rumpeln. Hans und ich wurden durch die Bodenunebenheiten des Ackerlandes ordentlich durchgeschüttelt. Viele Maiskolben flogen gegen die Kanzel des Segelflugzeuges. Viel zu langsam erschien mir der Geschwindigkeitsabbau. Mein ganzer Körper war vom Kopf bis zur Zehenspitze angespannt. Es rumpelte weiter, aber weniger. Die Maiskolben flogen uns weiter um die Ohren, aber weniger. So kamen wir dann doch vollkommen unversehrt zum Stillstand.

‚Clemens', hörte ich. ‚Clemens', vernahm ich ein zweites Mal.

‚Clemens!' Mein Vorname wurde zum dritten Mal von Hans gerufen und er stellte mir die Frage, ob alles mit mir in Ordnung sei.

‚Hans, du bezahlst den Kaffee', antwortete ich ihm. Er lachte erleichtert auf und klopfte zweimal sanft auf meine linke Schulter. Mit vereinten Kräften konnten wir das unbeschädigte Flugzeug aus seiner misslichen Lage befreien und zurück auf die Landebahn schieben. Dort wartete schon ein Schleppauto welches mich aufnahm, und Hans mit dem ‚Vogel' zum Hangar zurückschleppte. Auf dem Weg dorthin scherzten wir schon wieder und vergessen war meine Gebetserhörung. Nicht einmal einen Dank sendete ich himmelwärts. Schlimm, schlimm, schlimm …"

Nach einer Nachdenkminute, es könnten aber durchaus zwei oder mehrere gewesen sein, ergriff Clemens mit freudiger Stimme noch ein Mal das Wort: „Wie es geschrieben steht, bezeuge ich, dass unser Herr Jesus Christus lebt und auch heute noch Gebete erhört."

Mirjam schlug ihre Bibel auf, blätterte noch zielbewusst ein paar Seiten weiter und meinte, fündig geworden: „Auch ich bitte um eure Aufmerksamkeit. Ich lese den Psalm 100. Ein Psalm zum Dankopfer.

Jauchzt dem Herrn, alle Welt! Dient dem Herrn mit Freuden. Kommt vor sein Angesicht mit Jubel! Erkennt, dass der Herr Gott ist! Er hat uns gemacht, und nicht wir selbst. Zu seinem

Volk und zu Schafen seiner Weide. Geht ein zu seinen Toren mit danken. Zu seinen Vorhöfen mit Loben. Dankt ihm, preist seinen Namen! Denn der Herr ist gut. Seine Gnade währt ewiglich und seine Treue von Geschlecht zu Geschlecht."

Mirjam wartete ein bisschen. Mit ihrem Blick wanderte sie die „Regenbogenrunde" ab und begann etwas zaghaft zu erzählen: „Wisst ihr, ich hatte das große Glück, in einer gläubigen Familie aufzuwachsen. Gott Vater, Gott Sohn und Gott der Heilige Geist waren für mich, seit ich mich erinnern kann, immer ein Thema. Mein Thema heute ist das Vater Unser. Ich musste, wie wahrscheinlich auch ihr, es in der Volksschule über den Religionsunterricht auswendig lernen. Obwohl ich es, wie sicherlich ihr ebenso auswendig aufsagen könntet, möchte ich doch dazu die Bibel aufschlagen. Im Matthäusevangelium, aus dem heute schon Benjamin las, lese ich im Kapitel 6 ab dem neunten Vers."

Wir drei Zuhörer nahmen sofort ihre Fährte auf. Dazu griffen wir nach unserem Buch der Bücher, blätterten ebenso nach der frohen Botschaft von Matthäus und hatten fast zeitgleich den sechsten Abschnitt mit dem neunten Vers vor uns liegen.

Nachdem sich Mirjam überzeugt hatte, dass alle so weit waren, begann sie zu lesen: „Unser Vater, der du bist im Himmel. Geheiligt werde dein Name. Unser Vater", wiederholte Mirjam. „Glaube ich das? Unser Vater im Himmel. Wo ist der Himmel? Geheiligt werde dein Name. Was bedeutet es, den Namen zu heiligen? Dein Reich komme, dein Wille geschehe. Wie im Himmel, so auch auf Erden", las sie uns vor. „Wäre mir, ehrlich gesagt, mein Reich komme nicht viel lieber, als das Reich Gottes herbeizusehnen? Oder, wenn mein Wille mit dem Willen Gottes nicht übereinstimmt, richte ich mich dann mit ehrlichem Herzen nach seinem Willen aus?", fragte sie.

„Unser tägliches Brot gib uns heute. Sicherlich, wenn ich heutzutage eine Beziehung zu Gott lebe, ist er geradezu verpflichtet, mich zu versorgen, oder? Es wird sehr oft ein Wohlstandsevangelium gepredigt. Gott wird dafür sorgen, dass du zu deinem Häuschen im Grünen kommst, oder nicht?"

„Und vergib uns unsere Schuld", lasen wir in Folge den Vers 12 gemeinsam. „Ganz gewiss, so kenne ich, so kennen wir Gott. Durch seine Liebe zu uns Menschen vergibt er unsere große Schuld. Seine Liebe war so groß, dass er seinen Sohn nicht verschonte. Unvorstellbar groß ist seine Barmherzigkeit, seine Gnade gegenüber uns sündhaften Menschen. Aber Gott ist auch ein strafender, ein richtender Gott. Glaube ich das? Wie steht es mit meiner Gottesfurcht? Wie auch wir vergeben unseren Schuldigern. Wie soll das zu bewerkstelligen sein? Mein Gegenüber in der Kindheit, in der Schule, in der Familie, am Arbeitsplatz, im Verein, im Straßenverkehr etc., etc. hat sich aber so schlimm danebenbenommen. Jeder Mensch könnte eine lange Liste anfertigen, in welcher das Fehlverhalten der Mitmenschen zu einem nachzulesen wäre. So einfach kann nicht vergessen und verzeihen verlangt werden, oder? Und führe uns nicht in Versuchung. Wie schnell setzt der Mensch Gott auf die Anklagebank? Wie oft wird die Frage gestellt: Wie konnte der sogenannte Allmächtige nur dies oder jenes zulassen? Überall, wohin ich auch schaue, ist das Böse am Werk. Ist der rettende Arm von Gott auf einmal zu kurz? Denn dein ist das Reich und die Kraft und die Herrlichkeit in Ewigkeit. Amen!", las sie uns die letzten Worte des Gebetes aus dem Evangelium des Apostels Matthäus wieder vor. Mirjam gönnte sich nur eine kurze Pause. Mit einer aussendenden spürbaren Freude an uns sprudelten förmlich ihre Worte. „Ich wurde mit Glauben und Vertrauen beschenkt. Ich habe seine Gnade erfahren dürfen, sodass keine diese von mir gestellten Fragen, an meinem Glauben und meiner Zuversicht, dass Jesus Christus mein Heil ist, der Retter der Welt ist, zu rütteln vermögen. Es ist ganz einfach, nämlich, ich glaube, und zu glauben, bedeutet ganz einfach: Gott recht geben." Nun durchwanderte wieder ihr Blick das bunte Zimmer. Dabei atmete sie tief und langsam aus. „Danke, dass ihr mir zugehört habt." Ihre Stimme klang erleichtert. „Ihr könnt euch gar nicht vorstellen, wie aufgeregt ich war. Nochmals vielen Dank. Der Herr möge euch segnen."

„Mirjam, wir danken dir", war die erste Wortmeldung von Clemens.

Valentina und ich nickten zustimmend. „M power", schmunzelte er noch. „Und ich freue mich schon auf 16V."

M (Mirjam) power ist die Motorsportabteilung von BMW. 16V = vor vielen Jahren wurden Vierzylinder-Motoren statt mit den üblichen acht Ventilen mit 16 Ventilen versehen, was in Summe mehr Motorleistung bedeutete. *Mein autoverrückter Freund,* dachte ich mir.

„Wieso blickt ihr jetzt alle so gespannt auf mich?" lächelte uns Valentina an.

„Wir schauen dich einfach gerne an", war meine Antwort. *Und wie gerne,* dachte ich dazu. Sie räusperte sich.

„Ich gestehe", begann sie. „In jüngster Vergangenheit ist sehr viel vorgefallen, sehr viel Gutes ist mir widerfahren. Zum einen Benjamin." Sie streichelte mit ihrer Hand über meinen Handrücken. Kurz nahm meine die ihrige gefangen, um zärtlich drückend sie ein wenig zu liebkosen.

„Der Stadtpark und die Worte des Predigers, dazu das wunderbare Wiedersehen nach vielen Jahren mit Mirjam und auch du, Clemens, bist eine Bereicherung in meinem Leben geworden." Ich versuchte, sie böse anzuglotzen. Valentina schmunzelte und tätschelte meine Hand. Ich versuchte, sie nicht böse anzuglotzen.

„Wie ihr wahrscheinlich schon wisst, waren Mirjam und ich vom Kindergarten bis zum Ende der Volksschule das berühmte Herz und eine Seele. Ich bin sehr glücklich, sie als Freundin wieder gefunden zu haben. Es ist so, als wäre für uns die Zeit stillgestanden. Sie hat mich dazu motiviert, zu dem, was nun auf euch zukommen wird. Okay, genug der Einleitung. Während ihr mich bitte kurz entschuldigt, schlagt in der Bibel den Brief, welchen der Apostel Paulus an die Christen in Ephesus geschrieben hat, auf. Genau genommen Kapitel 6, ab dem Vers 13." Valentina erhob sich und wir gingen ihrer Bitte natürlich nach.

„Seite 1233", half uns Mirjam, die zuerst fündig geworden war. In derselben Minute, wie Clemens und ich die Aufgabe erledigten, kehrte Valentina mit einem großen Pappkarton in ihren Händen zu uns zurück.

„Benjamin, darf ich dich um deine Hilfe bitten", sagte Valentina.

„Was ist dein Begehr, meine Liebe? Bis zur Hälfte meines Königreiches soll verwendet werden, um deine Wünsche erfüllen zu können."

„Ich hätte es nicht besser formulieren können", jubelte mir Clemens zu. In der Zwischenzeit hatte ich mich an Valentinas Seite eingefunden.

„Ich habe die Erlaubnis von Benjamin", erklärte sie und ich hatte keine Ahnung, was sie meinte. Sie griff in den abgestellten Karton und holte ein Bild mit den Maßen von circa 100 mal 70 cm hervor. Mit der Vorderansicht stellte sie das bemalte Leinen gegen die Mauer. Sie griff nach ihrer Bibel und begann zu lesen:

„Epheser 6, 13. Deshalb ergreift die ganze Waffenrüstung Gottes, damit ihr am bösen Tag widerstehen und, nachdem ihr alles wohl ausgerichtet habt, euch behaupten könnt. Vers 14. So steht nun fest, eure Lenden umgürtet mit Wahrheit, und angetan mit dem Brustpanzer der Gerechtigkeit." Nach diesen Worten drehte sie das Bild zu uns um. Valentina hatte den Vers 14 als Motiv für das Bild verwendet.

„Wow, ich bin begeistert", war meine spontane Wortmeldung. „Und ich meine damit dein Meisterwerk."

„Ich als noch einzig lebender Nachkomme von Michelangelo bezeuge dir mehr als Talent", posaunte Clemens.

„Danke", wisperte sie und reichte mir eine Wasserwaage und einen Bleistift, ein Hammer und ein paar Nägel folgten. Nun konnte ich mir ihre Aussage, „Ich habe die Erlaubnis von Benjamin", erklären.

„Dieser Mauer fehlt etwas", meinte sie, als wir in diesem Regenbogenzimmer gemeinsam Musik hörten.

„Sie ist dein", war meine Antwort gewesen. Gemeinsam wogen wir den Brustpanzer der Gerechtigkeit mit Hilfe des Wasserspiegels in die Waagrechte, sowie Hammer und Nägel erledigten schnell ihre Aufgaben.

Valentina griff wieder nach ihrer Bibel.

„Vers 15 und die Füße gestiefelt mit der Bereitschaft zum Zeugnis für das Evangelium des Friedens." Sie bückte sich und holte ein weiteres Bild mit den ähnlichen Maßen wie das erste aus der großen Schachtel. Verwendete sie Acrylfarben für das erste Bild, waren Kohle wie Ziegel dafür verantwortlich, die gestiefelten Beine darzustellen.

„Einfach schweigen", forderte sie uns auf. „Schließlich geht es um das Wort." Ohne eine Verletzung beklagen zu müssen, konnte ich auch das zweite Bild an der Mauer befestigen.

„Vers 16." Wir schenkten Valentina wieder unser Gehör. „Vor allem aber ergreift den Schild des Glaubens, mit dem ihr alle feurigen Pfeile des Bösen auslöschen könnt." Zur Darstellung des Schilds des Glaubens verwendete sie, um einstimmig mit dem Brustpanzer der Gerechtigkeit zu sein, wieder Acryl. Nachdem auch dieses seinen Platz an der Mauer hatte, hob sie ihre Bibel hoch und redete mit Vers 17 zu uns: „Und nehmt auch den Helm des Heils und das Schwert des Geistes, welches das Wort Gottes ist." Mit dem letzten Bild wurde die Waffenrüstung, dieses wieder in Kohle und Ziegel, an meiner Mauer vervollständigt. Am Bild links neben dem Helm des Heils hatte sie die vier Verse in Tusche ebenso niedergeschrieben. Valentina und ich hatten wieder auf der roten Couch Platz genommen und ich denke, jeder von uns vieren las und schaute, schaute und las. Ich wollte die Stille nicht stören, deshalb flüsterte ich ihr „Vielen, vielen Dank" ins Ohr. „Ich bin begeistert und ich meine damit deine Meisterwerke."

„Ich erlaube mir folgende Wortmeldung, und bitte hört genau", startete Clemens. „Die Malerin, der Maler benutzt Farben, um zu dichten. Der Dichter, die Dichterin benutzt Worte, um zu malen. Ihr zwei seid ein gutes Team." Erst nach diesen Worten wandte Clemens seinen Blick von den Bildern ab und blickte zu mir. Ich bekam nicht die Möglichkeit, ihm zustimmen zu können. Als ich gerade Luft holte, plauderte er schon weiter: „Nun, wie ihr wisst, dichte ich auch ein wenig. Benjamin kann es aber besser. Darf ich es bitte erklären?"

„Ungern, ganz und gar ungern." Ich hatte das Wort ergriffen. „Clemens, nur wenn es sich nicht vermeiden lässt. Um keinen Streit zu provozieren, stimme ich heute ausnahmsweise zu." Valentina und Mirjam lachten.

„Okay, vielen Dank", spaßte er mit. „Zuerst möchte ich die Damen aufklären. Benjamin und ich teilen ein ähnliches Schicksal wie ihr beide. Unsere tiefe Freundschaft hat nun keine Grenzen, da der eine dem anderen vertraut. So war Benjamin einmal beim Dichten, beim Suchen nach den richtigen Worten verunsichert. Ich hingegen war von diesem einen Gedicht von Anfang an begeistert. Darf ich es zitieren?" Niemand hatte einen Einspruch.

„Du beleuchtest die Sonne und bewässerst die Wolken. Du bemalst den Regenbogen und der Wind dreht sich nach dir. Du schenkst mir Ankunft!

Es ist eine Liebeserklärung, welche ihresgleichen sucht." Valentina nickte mit ihrem Kopf und das vernommene Lob von Clemens machte mich verlegen.

„Nachdem ich aber, dank Mirjam und vielem mehr, Jesus Christus Stück für Stück kennenlernen durfte, obwohl, meine Lieben, um Gott kennen zu lernen, ein Menschenleben nicht ausreicht, erkannte ich die wunderschöne doppelte Bedeutung in den Worten von Benjamin. Ihr staunt, fragt euch, was ich meine? Okay. Wer beleuchtet die Sonne? Wer bewässert die Wolken? Wer bemalt den Regenbogen? Wer bestimmt die Windrichtung? Und wo ist die wundervollste Ankunft?" Clemens wollte die Fragen gar nicht beantwortet bekommen. Er sagte einfach: „Richtig, Mirjam, richtig, Valentina, richtig, Benjamin und richtig, Clemens." Er griff nach seiner Bibel. Mit dem, wie er das Buch hielt, vertiefte er für uns die Erkenntnis, wie wertvoll das ist, was seine Hände gerade hielten.

„Das ist auch eine Liebeserklärung. Das Wort Gottes ist eine Liebeserklärung an uns Menschen. Nun schweige ich wieder."

Wir schwiegen alle. Jeder für sich tauschte für sich gute Gedanken aus. Vor allem in der Stille, sollte sie auch ein wenig länger dauern, keinen Aktivitätsschub zu bekommen, war etwas angenehm Neues.

„Nun erlaube ich mir wieder eine Wortmeldung. Darf ich euch, bevor wir weitermachen, eine kleine Stärkung anbieten?" Ich konnte zu meiner Freude feststellen, dass mir die volle Aufmerksamkeit geschenkt wurde. „Ich kann euch einen Vogerlsalat mit Speckwürfeln, Kartoffeln und frischem Gebäck anbieten und da mir Valentina einmal von ihrer Zuneigung zu der Gorgonzolasoße mit Risotto erzählte, habe ich natürlich auch solches vorbereitet." Valentina klatschte zuerst ein paar Mal leise mit ihren Händen, was mich erfreute, da mir die kleine Überraschung gelungen war. Mirjam und Clemens taten ihr nach.

„Zu viel der Ehre" bemerkte ich. „Ihr wisst noch gar nicht, wie es schmeckt. Aber ich bitte trotzdem zu Tisch." Sie folgten mir ohne zu zögern.

Erzählung Autounfall

Ich war mir sicher, sterben zu müssen. So etwas wie eine Uhr, eine innere Uhr, tickte spürbar in mir langsamer. Was war geschehen? Ein böser Unfall mit meinem Auto verletzte mich. Mir war die Lärmkulisse als Lenker bekannt, wie es sich anhört, wenn ein PKW, schmerzvoll gegen einen Baum geworfen, stöhnte und das Blech sich unter diesem Gewalteinfluss verformen lassen musste. Diese Erinnerungen bot mir mein Gedächtnis sofort an. Glas wurde ebenso gezwungen, knirschend zu splittern. Kurz vor dem Aufprall wurde mein Körper von meinem Gehirn zur vollkommenen Anspannung genötigt. Meine reflexartige Schutzmaßnahme sollte Einschläge, welcher Art auch immer, abfangen. Damals war es anders. Das berühmte Überraschungsmoment in Form eines dicken Astes traf mich punktgenau rechts am Kopf, schlug gegen meine obere Stirnhälfte, öffnete sofort die dünne Kopfhaut und prallte hart gegen meine Schädeldecke.

Alles durchlebte ich bei vollem Bewusstsein und wie in Zeitlupe. Zu keinem Zeitpunkt aber, weder beim Einschlag noch, als ein Strom von Blut über meinen Kopf zu fließen begann, verspürte ich Schmerzen. Mein Leben als Film spielte sich im Zeitraffer vor mir ab. Mit meiner Hand versuchte ich nur kurz, das Blut zu stoppen, da mir rasch klar wurde, dass dies ein hoffnungsloses Unterfangen war. Die rote Hand vor meinen Augen schenkte mir ein befreiendes Lächeln. *Das wird es wohl gewesen sein*, stellte ich ruhig und ohne jegliche Panik fest. Meine Lebensuhr, ich spürte es, tickte schwer. Das Blut begann, mein rechtes Auge zu verkleben. Unvergleichbar wärmend verspürte ich es, so etwas wie Trost und Zuversicht durch dieses fließende Blut. Die Gewissheit, dass dieser zu große Blutverlust schon alleine lebensbedrohlich ist, beunruhigte mich nicht. Mir war nur das augenblickliche tiefe Wohlbehagen das Wichtigste und das vor mir liegende Sterben wurde mit einer Zuversicht ganz ohne Angst erwartet. Wie lange ich so mein Schicksal atmete, weiß ich nicht mehr. Ein Kältegefühl griff mich überraschend unbarmherzig an und durchzuckte meinen Körper wie ein Blitz. Meine Zähne begannen zu klappern.

Man erfriert beim Sterben?, fragte ich mich.

Einige Erlebnisse aus meiner Vergangenheit wurden mir wieder von meiner Erinnerung zugespielt. Nun nicht als Film, sondern über mein Gedächtnis.

„Kalt!", schrie ich. „Kalt!"

Mir wurde bewusst, dass ich irgendwie aus meinem Unfallauto, dieses hinter mir und am Dach liegend, gekrochen sein musste. Lange hatten mich meine Beine nicht getragen. Nur wenige Meter vom Auto entfernt war ich zum Sturz gekommen und auf einer nassen kalten Wiese in einer dunklen Nacht lag ich da.

Ich werde mir eine Erkältung holen, dachte ich. *Eine Grippe ist das Letzte, was ich jetzt brauchen kann,* lachte ich und auf allen Vieren setzte ich mich wieder in Bewegung. Es begann sich alles um mich zu drehen.

„Hallo, hallo", klang es in meinen Ohren. Ich lag auf der kalten Erde.

„Hallo", hörte ich abermals. „Sie hatten einen Unfall. Ich bin da, um Ihnen zu helfen. Sie hatten einen massiven Blutverlust. Sie dürfen jetzt nicht einschlafen. Ich bin Ihr Arzt, verstehen Sie mich?"

Ich öffnete meine Augen. Verschwommen bestätigte mir mein linkes Sehorgan, da das rechte, vom Blut verklebt, sich nicht öffnen ließ, was meine Ohren vermuteten. Eine junge, hübsche Ärztin hatte den Kampf um mein Leben aufgenommen.

„Haben Sie heute Abend schon etwas vor?", fragte ich. Ein Sanitäter fragte nach: „Was hat er gefragt?"

„Ein Idiot", lachte sie und gab dem gesamten Hilfepersonal mit Nachdruck ihre Anweisungen.

„Schlafen Sie bitte nicht ein", wurde ich wieder aufgefordert. Irgendetwas, ich vermute, ihre Hand, streichelte meine Wange. Warum sollte ich nicht einschlafen dürfen? Zum gleichen Zeitpunkt wurde ich zärtlich wieder wachgetätschelt.

„Sie sollen leben", rief meine Lebensretterin. „Außerdem haben wir noch eine Verabredung. Reden Sie mit mir."

„Welche Farbe haben Ihre Augen?", fragte ich.

An meinem Kopf wurde gearbeitet. Ich spürte Einstiche in meinem rechten Arm. Dann wurde ich hochgehoben und auf eine Bahre gelegt.

„Braun", lächelte sie. „Die Farbe meiner Augen ist braun."

Sie rettete mein Leben. Alle Versuche, sie zu kontaktieren, schlugen, aus welchen Gründen auch immer, fehl.

Keine aufgehende Sonne, kein zunehmender Mond,
nichts wird bleiben,
außer mein Herz, es wird, wenn auch verstorben,
immer für dich schlagen.

Clemens' Verlobung

Durch zweimaliges kurzes Betätigen der unverwechselbaren Hupe des alten Volvos bekundete mir Clemens seine Ankunft. Hin und wieder blickte ich noch aus dem Wohnzimmerfenster, um sicherzugehen, dass es auch er war. Diesmal schenkte ich nur kurz meiner mir sehr wertvollen Kuckucksuhr meine kurze Aufmerksamkeit und dachte: *Pünktlich.* Ich schlüpfte in meine Laufschuhe und saß wenig später in seinem Oldtimer-Kombi. Fast gleichzeitig begrüßten sie mich. Clemens bellte: „Wau". Carlos war mit seinem „Waauu, waauu" stimmkräftiger. Ich bedankte mich mit einem dreimaligen leisen „Miau, miau, miau" für die herzliche Begrüßung. Wir fuhren stadtauswärts. Das Ziel war die beliebte Laufstrecke am Stadtrand im Wald.

„Hör mir bitte zu", begann Clemens und ich konnte mich nicht des Eindruckes erwehren, eine Unsicherheit in seiner Aufforderung an mich vernommen zu haben.

„Also." Er startete neu durch. „Hör mir bitte zu." Ich nickte mit meinem Kopf, schwieg und lobte meine Geduld. Clemens trug mir ein wunderbares Gedicht vor.

Und dort,
genau dort möchte ich mit dir sein.
In der Stadt, in der die Luft verschmutzt ist.
Und dort,
genau dort möchte ich mit dir sein.
Am Strand, an dem das Meer verseucht ist.
Und dort,
genau dort möchte ich mit dir sein.
In dem Land ohne Sprache.
Und dort,
genau dort möchte ich mit dir sein.
In dieser Welt ohne Gefühle.

Hand in Hand schwimmen wir in unserer Luft. Hand in Hand
fliegen wir in unseren Gewässern.
Hand in Hand werden wir unser Wörterbuch schreiben.
Verklebte Hände, da unsere Liebe verlässlich ist …

„Das sind Worte aus deiner Feder?", fragte ich nach einer kurzen Nachdenkphase. „Nun, denke ich, willst du meine Meinung darüber hören." Ich wollte ihn ein bisschen auf die Folter spannen.

„Nein, wie kommst du nur auf diese Idee?", konterte er.

„Egal, auch wenn du es nicht wissen willst, sage ich es dir. Erstens: An der richtigen Betonung einzelner Worte musst du noch arbeiten." Diese Bemerkung setzte unser Deutschprofessor jedes Mal in den Raum, wenn Clemens wiederum einmal ein paar Strophen der Bürgschaft vortrug. Er boxte zärtlich meinen Oberschenkel. Wir lachten. Mit den Worten „Es ist gut, nein, es ist sehr gut" teilte ich ihm mein ehrliches Gefallen mit.

„Meinst du wirklich?", zweifelte er noch. Indem ich seinen Vornamen so wie ein strenger Vater aussprach, überzeugte ich ihn. Wir hatten unser Ziel erreicht. Das Auto war eingeparkt und Clemens stieg aus und begann sich aufzuwärmen. *Komisch*, dachte ich. Normalerweise öffnete er für Carlos die Heckklappe und ein Aufwärmen stand eigentlich noch nie auf unserem Programm.

„Okay, mein Freund, was beschäftigt dich noch?", fragte ich, während ich Carlos ins Freie ließ. Er schmunzelte.

„Es scheint, dass dir nichts entgeht", war seine Antwort. „Ich möchte mich mit Mirjam verloben." Clemens wirkte erlöst, als er es ausgesprochen hatte. Nun begann ich zu schmunzeln und nickte wohlwollend mit dem Kopf.

„Hast du dir schon einmal Gedanken darüber gemacht, dich mit Mirjam zu verloben?", fragte ich und verwirrte ihn nur kurz.

Er konterte: „Ich wünsche es mir, mich mit Mirjam zu verloben. Ist das eine gute Idee?"

„Schon lange will ich dir von einer guten Idee berichten. Deine Verlobung mit Mirjam, meine ich."

Valentina fehlt

Ich saß im Zug. Ich trug meine Privatkleidung. Meine Dienstbekleidung hatte ich in meinem Koffer, der nun im Gepäckteil des offenen Waggons schlummerte, verstaut. Der Dienstplan hatte mich für ein paar Tage in den Westen Österreichs verschlagen. Lustenau als Beispiel konnte ich als fröhliches Städtchen schätzen und kennenlernen. Nun war ich auf der Heimreise. Ein paar Versuche, Valentina am Handy zu erreichen, waren fehlgeschlagen. Es begann mich zu beunruhigen, da ich immer den Satz „Die von Ihnen gewählte Rufnummer ist derzeit nicht erreichbar" als Antwort zu hören bekam.

Nach einiger Zeit, ich wollte nicht mehr in meinem Fachbuch weiterlesen, und einem weiteren gescheiterten Telefonanruf begann ich, mit meinem Kugelschreiber das Ablagetischchen mit meinen Hieroglyphen zu verzieren, um mich so etwas abzulenken. Aus neun Buchstaben bestand mein Kunstwerk. Meinen Sitzplatz vor dem kleinen Tisch zierte die Zahl zwölf und die moderne Monitoranzeige teilte mir mit, dass wir in ungefähr vier Stunden den Grazer Hauptbahnhof erreichen würden.

„Haben Sie das Tischchen mit dem Namen Valentina ..." Er überlegte.

„... geschmückt und verziert", fiel ich ihm ins Wort. Er, der Zugchef, den ich nicht hatte kommen hören, überlegte weiter, runzelte seine Stirn und etwas verlegen, da er es mit mir nicht mit einem erstmalig verliebten Jugendlichen zu tun hatte, fragte er, mein Kunstwerk nicht im Geringsten wertschätzend: „Haben Sie das Tischchen verunreinigt?"

„Ja", antwortete ich und stolz schwelgte meine Brust.

„Ich muss nun von Ihnen einen Unkostenbeitrag einfordern, da die Ablage wieder gesäubert werden muss", war seine nächste ruhige, aber bestimmte Wortmeldung.

„Ich bezahle Ihnen das Doppelte, wenn es stehen bleiben darf", konterte ich. Er stand da und überlegte ernsthaft. Ich lächelte freundlich und wartete geduldig.

„Valentina", sagte er. „Ein sehr schöner Name." Damit wendete er sich von mir ab und kontrollierte die nächsten Fahrscheine. Nach einem solchen vergaß er mich zu fragen.

Ich konnte zu meinem Glück Clemens telefonisch erreichen. Ich erzählte ihm von meinem Problem, meiner Unruhe, meiner Sorge und meiner Angst. Er konnte mein Problem nicht lösen, mich aber beruhigen. Meine Sorge verjagte er und mit dieser floh auch die Angst. Er forderte mich, wie mit Valentina abgesprochen, auf, am nächsten Tag nach Schladming zu fahren und sie dort einfach zu erwarten. Ich musste ihm versprechen, es zu tun. Die restliche Zeit, die ich noch im Zug verblieb, nützte ich mit dem Einsatz meines Kugelschreibers am Ablagetischchen. Vor dem Aussteigen legte ich noch einen Geldschein, beschwert mit einer Tafel Schokolade für die Reinigung, dazu.

Der Regenwald ist abgeholzt, und das Leben verwüstet.
Die Meere sind vergiftet,
und die Wüste bebt.

Kein fruchtbares Land in Sicht. Ein Atmen ist nicht mehr möglich.
Seuchen überfallen, und das Leben ist in Lebensgefahr.

Der Verlust ist nie mehr gut zu machen.
Weltuntergang. Du fehlst so sehr.

Das Leben erzählt

Clemens war erleichtert zu sehen, dass die vier Gummibäume, welche schon seit vielen Monaten von Benjamin liebevoll gepflegt wurden, nicht beleidigt die Blätter zu Boden hängen ließen, da er mit seinem Pflegetermin zwei Tage Verspätung hatte. Die Erde in den Töpfen war schon ein wenig ausgetrocknet, stellte er fest. Mit dem Auffüllen der gelben Zimmergießkanne erinnerte er sich an die Gummibaumeinschulung von Benjamin.

„Hör zu, Clemens", sagte er. „Am wohlsten fühlen sie sich, wenn man dieses Gewächs, genannt Ficus elastica, an sonnigen hellen Plätzen wachsen lässt. So viel dazu, solltest du dir aufgrund meiner Prachtwüchse welche anschaffen wollen. Ihre Erde soll zwar feucht gehalten werden, aber eine Überbewässerung bekommt ihnen ganz und gar nicht. Ganz besonders mögen sie es aber, wenn du die Blätter mit einem Schwamm und warmem Wasser vor- sichtig entstaubst", erklärte der Florist Benjamin. Diese Aussage ließ Clemens ein wenig staunen. Er stellte sich vor, wie dämlich er sich vorkommen würde, wenn er jedes einzelne Blatt so behandeln würde.

„Irgendwie entspannt mich dies immer", erinnerte sich Clemens an die Worte von Benjamin.

„Soll ich mich mit ihnen unterhalten oder ihnen vielleicht ein Lied vorsingen, Benny?", fragte er.

„Das entscheidest du besser ganz allein, mein Freund." Beide lachten.

Bevor Clemens das Wasser aufzuteilen begann, dosierte er noch die an der Flasche angegebene Menge Blumenvitaminextrakt. Da er genug Zeit zur Verfügung hatte und sein Gewissen aufgrund seiner 48-stündigen Verspätung noch immer ein wenig drückte, fand er, obwohl er es nicht wollte, das Schwämmchen für die Blumenstöcke und bereitete ihr Badewasser zu.

„Verwöhntag", trompetete er den Pflanzen zu, griff vorsichtig nach dem ersten Blatt, nahm sich aber gleichzeitig vor, kein Wort mehr mit diesen Gebüschen zu reden.

„Ich bin doch nicht verrückt", rügte er sich selbst, als er nach einiger Zeit und voller Hingabe zu dem Blattgrün wieder mit der Bemerkung „Ihr schaut jetzt aber umwerfend aus" ein Gespräch begann. Dies schrieb er seinen Entzugserscheinungen nach dem schwarzen und heißen Getränk zu. Schmunzelnd teilte er den Gummibäumen mit: „Es wird Zeit für eine Kaffeepause."

Clemens erlebte, so wie Benjamin es ihm schilderte, bei dem Ritual der Blattliebkosung Ruhe und Zufriedenheit. Er erinnerte sich, wie er seinen Freund bei dem Geständnis „Ruhe und Zufriedenheit" ein wenig belächelt hatte. Der letzte Gummibaum, welchen es zu verwöhnen galt, war im Wohnzimmer so positioniert, dass man bei der Blätterwäsche immer wieder in das Vorzimmer blicken konnte. Clemens hatte seinen Mund schon lange, nicht nur auf Grund des wohlschmeckenden Moccas, zu einem Lächeln geformt und war im Denken. Keine Faser an seinem Körper spannte. Federleicht kamen ihm dadurch Gedanken zugeflogen.

Ein Dienen, sei es so wie jetzt, sein Tun, friedvolles Grün feucht zu entstauben, schenkt Frieden. Ein Dienen, ohne eine Gegenleistung zu erwarten, muss es aber sein, dessen war sich Clemens sicher. *Hellgrün, Mittelgrün oder Dunkelgrün werden mir meine Arbeit nie vergelten können*. An ein Zitat seiner viel zu früh verstorbenen Mutter erinnerte sich Clemens: „Tu Gutes und erwarte keinen Dank."

Bei den Blättern nahe der Wurzel, bei den letzten zu versorgenden Blättern, kniete Clemens und in dieser Stellung blickte er wieder durch den Vorraum auf die Eingangstür. Er beobachtete, wie etwas Weißes durch den kleinen Spalt zwischen Tür und Boden geschoben wurde. Das weiße Briefkuvert war nur wenige Sekunden im Vorraum, als Clemens die Tür aufriss und ein alter Mann, der sich gerade aufgerichtet hatte, erstarrte durch sein Erscheinen.

„Ja, bitte?", lächelte Clemens.

Das Überraschungsmoment ließ den Nachbarn, welcher erst vor kurzer Zeit in der Wohnung unter Benjamin eingezogen war, kurzfristig schweigen. Clemens bückte sich und griff, ohne dabei den Alten aus seinem Blick zu lassen, nach dem am Boden liegenden Brief.

„Der Briefträger irrte sich und daher …", begann er, ihm seinen Schrecken noch ansehend. „… war ich der falsche Empfänger dieses Briefes", erklärte der Nachbar. Da Clemens einfach schwieg, setzte der Nachbar gleich eine Entschuldigung nach.

„Es tut mir leid. Der Brief liegt schon zwei Tage bei mir auf der Kommode. Immer wieder vergaß ich, ihn hochzubringen", log er. Der Briefzusteller wartete keine Antwort ab, drehte sich um und ging. Clemens suchte nicht das Gespräch, da er feststellen konnte, dass der Absender des Briefes keine geringere als Valentina war. Dieses wollte er Benjamin ohne unnötigen Aufschub sofort mitteilen. Er stürmte förmlich auf seine Jacke zu, in der sein Handy war. Nach dem ersten hörbaren Klingelton meinte er ungeduldig:

„Mensch, Benny, heb endlich ab." Nach dem dritten vernahm er endlich seine Stimme.

Mit den Worten „Mahlzeit, Clemens. Was verschafft mir die Ehre?" meldete sich Benny.

„Ich bin in deiner Wohnung und rate mal, was ich in der Hand halte?"

„Clemens, du weißt, dass das Lösen von Rätseln nicht wirklich meine Stärke und auch nicht meine Leidenschaft ist."

„Ich …" Clemens fiel ihm ins Wort. „Es ist ein Brief, Benjamin. Es ist ein Brief von Valentina. Da staunst du jetzt, oder?"

„Lies ihn mir bitte vor."

Die Stimme von Benjamin klang in den Ohren von Clemens zuversichtlich. Alle Einwände, die kurzfristig durch seinen Kopf geisterten, vergaß er augenblicklich und so öffnete er das Kuvert.

„Mein lieber Benjamin", begann Clemens zu lesen, stoppte und meinte: „Das klingt ja schon mal ganz gut, oder?"

Benjamin lächelte.

„Genug für heute, morgen kommt die Fortsetzung", scherzte Clemens, um Zeit zu gewinnen, um die Botschaft von Valentina vorlesen zu können.

„Lies doch bitte", wurde er ein zweites Mal aufgefordert.

„Also: Mein lieber Benjamin. Ich wollte dir einfach einmal schriftlich, so wie seinerzeit es die Kaiserin für den Kaiser tat, so wie es die Julia ihrem Romeo mitteilte oder die Carmen ihrem Geliebten es sang. Ich liebträume dich. Leider wurde mir gestern vermutlich mein Handy gestohlen. Der letzte Nachtdienst war sehr anstrengend und daher habe ich es gar nicht bemerkt. Egal. Ich freue mich schon riesig auf Schladming, mit vier Rufzeichen. Bussi, deine Valentina."

Clemens atmete erleichtert aus.

„Meines Wissens bist du dort, oder, Benjamin?"

„Ich bin da und noch jemand möchte zu dir ‚Hallo' sagen", antwortete er.

„Hallo, Clemens, ich freue mich, dich zu hören", sagte sie. Mit dem ersten Laut erkannte Clemens die Stimme von Valentina.

„Die Freude ist ganz auf meiner Seite, ‚mit vier Rufzeichen Valentina'. Mirjam ist gerade gekommen, um mich bei der Gummibaumbetreuung zu unterstützen. Sie wünscht euch schöne Tage."

Clemens empfing ein Begrüßungsküsschen von seiner Verlobten.

„Danke, und wir freuen uns schon auf ein Wiedersehen mit euch", antwortete Valentina. „Übrigens, ich möchte dir noch ein Geheimnis anvertrauen. Wenn du mit den Gummibäumen von Benjamin sprichst, werden sie dir antworten."

„Davon bin ich felsenfest überzeugt", bestätigte Clemens.

Die beiden Redenden und die beiden Zuhörenden, die vier Freunde lachten. Sie lachten in ihrem Glück.

Vielleicht nur etwas abgetaucht.
Oder in den mir bekannten, als auch unbekannten
Tiefen zu Hause.
Sehnsucht.
Etwas Unbekanntes, aber doch nicht Verlorenes schreit.

Vielleicht nur etwas aufgestiegen.
Oder in den mir bekannten,
als auch nicht bekannten Höhen zu Hause.
Sehnsucht.
Etwas Bekanntes, aber doch nicht Gefundenes brüllt.
Eine Bankrotterklärung, eine Umkehr, eine Sinneswandlung …

Ohne Zutun begrüßt
Ohne Zutun gewachsen
Im Tun manches gelungen
Im Tun manches verfehlt
Im Tun vieles vernachlässigt
Ohne Zutun im Zeitgeschenk lebend
Ohne Zutun verabschiedet
Wir in der Allmacht von Jesus Christus

Römer 10

Denn Christus ist des Gesetzes Ende, jedem Glaubenden zur Gerechtigkeit. Denn Mose beschreibt die Gerechtigkeit, die aus dem Gesetz ist: „Der Mensch, der diese Dinge getan hat, wird durch sie leben." Die Gerechtigkeit aus Glauben spricht aber so: Sprich nicht in deinem Herzen.

„Wer wird in den Himmel hinaufsteigen?" Das ist „Christus herabführen". Oder „Wer wird in den Abgrund hinabsteigen?" Das ist „Christus aus den Toten heraufführen". Was sagt sie?

„Das Wort ist dir nahe, in deinem Mund und deinem Herzen. Das ist das Wort des Glaubens, das wir predigen, dass, wenn du mit deinem Mund Jesus als deinen Herrn bekennen und in deinem Herzen glauben wirst, dass Gott ihn von den Toten auferweckt hat, du errettet werden wirst. Denn mit dem Herzen wird geglaubt zur Gerechtigkeit, und mit dem Mund wird bekannt zum Heil." Denn die Schrift sagt: „Jeder, der an ihn glaubt, wird nicht zu Schanden werden. Denn es ist kein Unterschied zwischen Jude und Grieche, denn er ist Herr über alle, und er ist reich für alle, die ihn anrufen; denn jeder, der den Namen des Herrn anrufen wird, wird errettet werden."

Benjamin und Valentina, Clemens und Mirjam

EIN HERZ FÜR AUTOREN A HEART FOR AUTHORS À L'ÉCOUTE DES AUTEURS MIA KAPΔIA ГIA ΣY
FÖR FÖRFATTARE UN CORAZON POR LOS AUTORES YAZARLARIMIZA GÖNÜL VERELIM
DER AUTORI ET HJERTE FOR FORFATTERE EEN HART VOOR SCHRIJVERS TEMOS OS A
SERCE DLA AUTORÓW EIN HERZ FÜR AUTOREN A HEART FOR AUTHORS À L'ÉC
ВСЕЙ ДУШОЙ К АВТОРАМ ETT HJÄRTA FÖR FÖRFATTARE À LA ESCUCHA DE LOS AU
MIA KAPΔIA ГIA ΣYГГРАФEIΣ UN CUORE PER AUTORI ET HJERTE FOR FORFATTERE E
CERZÖINKERT SERCE DLA AUTORÓW EIN HERZ
CORAÇÃO ВСЕЙ ДУШОЙ К АВТОРАМ ETT HJÄRTA

Der Autor

Otto Amhofer wurde am 16.05.1963 in Kapfenberg geboren. Nach der Hauptschule besuchte er
die Berufsschule KFZ sowie die HTL Maschinenbau
und arbeitete unter anderem als KFZ-Techniker,
Fahrschullehrer und Fahrtrainer, nachdem sein Be-
rufswunsch eigentlich Rennfahrer gewesen wäre.
Das Schreiben entdeckte er nebenbei und ent-
wickelte eine große Liebe zu Prosa, aber auch zur
Lyrik. Er ist Gründungsmitglied im Literaturkreis
Kapfenberg und hat bereits zwei Bücher veröffent-
licht: „Reportage keiner Karriere" und „Große
Beute."
Otto Amhofer lebt mit seiner Partnerin im Mürztal
und hat zwei Söhne.

Der Verlag

*Wer aufhört
besser zu werden,
hat aufgehört
gut zu sein!*

Basierend auf diesem Motto ist es dem novum Verlag
ein Anliegen, neue Manuskripte aufzuspüren, zu veröffentlichen und deren Autoren langfristig zu fördern.
Mittlerweile gilt der 1997 gegründete und mehrfach
prämierte Verlag als Spezialist für Neuautoren in
Deutschland, Österreich und der Schweiz.

**Für jedes neue Manuskript wird innerhalb we-
niger Wochen eine kostenfreie, unverbindliche
Lektorats-Prüfung erstellt.**

Weitere Informationen zum Verlag und
seinen Büchern finden Sie im Internet unter:

w w w . n o v u m v e r l a g . c o m